Obsession

Tout a changé la première fois que Jackson a vu Dina

Ashley Colem

This is a work of fiction. Similarities to real people, places, or events are entirely coincidental.

OBSESSION: TOUT A CHANGÉ LA PREMIÈRE FOIS QUE JACKSON A VU DINA

First edition. December 19, 2023.

Copyright © 2023 Ashley Colem.

ISBN: 979-8223841012

Written by Ashley Colem.

Also by Ashley Colem

Bien Trop Brutal

Obsede Par Elle

Limite dépassée

Amour Improbable

Kataliya, la Parfaite Élue

Le Choix Ultime d'un Seul Amour

Réveille-toi, Barbara

Sexe à Répétition

Taïna est en feu

Captive d'une Nuit Enneigée: Jusqu'à ce qu'elle apparaisse et que son âme se sente captivée

Ces Attouchements Tabous: Cette nuit-là, il a changé ma vie pour toujours

Épuisement: Sienna est peut-être jeune, mais son corps sait ce dont il a besoin

Il va l'avoir: William veut Jesse plus que tout au monde

La Femme de ses Rêves: Il est obsédé par la jeune beauté qui lui a volé son cœur

Le No 1 des Connards: Il ne cherche pas d'excuses pour ce qu'il est ou ce qu'il fait

L'étrange Mariage du Milliardaire

Maintenant... Elle est à moi pour Toujours: Je mets un bébé dans son ventre et une bague en diamant à son doigt

Piégé par elle

Tenir si Fort: Il ne savait pas qu'une obsession pouvait s'emparer de lui aussi fort

Un Alpha de Mauvais Caractère: Aucune femme n'a jamais été capable de le gérer

Un Échange Très Étrange: Le destin de Cian et de Serenity, croisés dans un lycée américain

Limite Superato

Amore Improbabile

Kataliya, la Perfetta

La Scelta Definitiva di un Singolo Amore

Sesso ripetuto

Taina è in Fiamme

Esaurimento

Intrappolato da lei

La Donna dei Suoi Sogni

Lo Stronzo #1

Ora è mia... per sempre

Prigioniero in una Notte di Neve

Sta per Averla

Stringere Così Forte

Obsession: Tout a changé la première fois que Jackson a vu Dina

Svegliati, Barbara: Stare con Clark diventa un grosso problema

Lorsque l'équipe de sécurité de Jackson Hart est engagée pour traquer un harceleur, il ne sait pas à quoi s'attendre. Cependant, dès que la photo de Dina Lewis sera placée sur ses genoux, il fera tout ce qu'il faut pour la sauver. Même s'il a toujours été réservé et discret, la voir change tout.

Dina n'a aucun filtre lorsqu'il s'agit d'interagir avec les autres. Elle a l'habitude de passer beaucoup de temps sur son ordinateur et d'attirer l'attention de sa sœur. Sa bizarrerie est difficile à gérer. Lorsque Jackson entre dans sa vie, elle ne se sent pas à sa place.

Jackson s'engagera-t-il à protéger Dina lorsqu'elle sera en danger ? Avec un corps comme le sien, la réponse est évidente !

Son entreprise, une société de sécurité, lui appartient. Elle est un peu ringarde. C'est un cliché courant, et agréablement érotique !

Chapitre 1

Zoé

"Je n'ai pas besoin de garde du corps", je souffle dans le téléphone, le tenant entre mon épaule et mon oreille pendant que je fouille dans mon sac messager pour récupérer mes clés.

« Ce n'est pas sujet à débat », lance mon propre assistant au téléphone. Peut-être qu'avoir ma sœur aînée comme assistante personnelle n'était pas la meilleure idée. C'est un mensonge et je le sais. Bon sang, de qui je me moque, elle tient ma vie ensemble. Je suis peut-être le cerveau de ce duo, mais elle est bien plus organisée que moi. Cela a probablement quelque chose à voir avec sa carrière de mannequin et le fait qu'il se passe toujours autant de choses dans sa vie en même temps. Elle l'avait fait depuis l'âge de sept ans jusqu'à la mi-vingtaine, lorsqu'elle a pris sa retraite. Elle est l'ordre de mon chaos et j'ai besoin d'elle.

Maintenant que j'y pense, je ne pense même pas l'avoir embauchée. Elle a juste fait irruption, sous la vraie forme d'Elle, et a pris le relais. Ce n'était pas comme si elle avait besoin de ce travail. Elle a économisé son argent et, à mon tour, je l'ai aidée à l'investir dans des entreprises dont je savais qu'elles fonctionneraient bien.

« Grr. Où sont ces stupides clés ? Je marmonne, fouillant plus profondément dans mon sac apparemment sans fond.

"Poche avant gauche."

Je lève les yeux au ciel, uniquement parce qu'Elle n'est pas là pour le voir. Je peux entendre le ton suffisant dans sa voix. Je fouille dans la poche avant gauche et sors mes clés.

"C'est effrayant quand tu fais ça."

"Non, ce qui est effrayant, c'est le harceleur qui semble ne faire qu'empirer." J'entends l'inquiétude dans sa voix. Je serais probablement pareil si cela lui était adressé. Mais un harceleur me semble tout simplement étrange. Si quelqu'un doit être traqué, c'est bien elle. Certaines des lettres qu'elle recevait lorsque sa carrière de mannequin battait son plein allaient d'étranges – comme vouloir se raser tous les cheveux et les lui envoyer – à folles, des hommes lui offrant le monde s'ils l'épousaient. Même en lui disant qu'ils ne lui feraient pas signer un contrat de mariage. Vous devriez voir la façon dont les hommes ont des yeux rêveurs autour d'elle. C'est en fait plutôt drôle. Comment ils la suivent partout comme des chiots perdus sans cerveau. J'ai vu de mes propres yeux les hommes les plus intelligents devenir complètement stupides en sa présence. J'ai travaillé avec certains des hommes les plus intelligents et les plus doués d'Amérique, mais quand Elle se présentait pour me déposer quelque chose, ils passaient de brillants à incapables de rédiger une phrase.

J'insère ma clé dans la porte, je la tourne et l'alarme de mon condo commence à sonner. J'ai appuyé sur le bouton de désarmement de mon porte-clés avant de remettre les clés dans mon sac, pas dans ma poche avant gauche. Juste une petite rébellion car Elle ne me voit pas.

"D'accord. Je vais rencontrer quelqu'un. Je cède facilement car il n'y a pas vraiment le choix. Combattre Elle pour quelque chose qu'elle veut, c'est comme combattre un mur de briques. Il vaut mieux dépenser son énergie ailleurs.

Je remets la serrure en place et me retourne, heurtant le mur de béton d'un homme.

"Bien, il est déjà là", j'entends Elle dire alors que mes yeux voyagent de haut en bas sur une étendue infinie de poitrine. De haut en haut, jusqu'à ce que mes yeux se posent enfin sur un visage dur à la mâchoire serrée.

Je retire mes cheveux de mon visage, essayant de mieux le voir. Jésus. Il est chaud dans ce sens, oh mon Dieu, qu'il pourrait m'écraser. Attends, c'est chaud ?

C'est alors que je réalise qu'il a les mains verrouillées sur mes épaules, me maintenant en place. J'aurais probablement atterri sur mes fesses aussi fort que je l'avais heurté s'il ne m'avait pas attrapé. Mon corps se presse contre le sien et je regarde ses narines se dilater alors qu'il prend une profonde inspiration, comme s'il m'aspirait.

Ses bras me libèrent et une main se dirige vers les lunettes sur mon visage pour les fixer.

« De quoi est-il fait ? Du béton et du sexe ? Je murmure dans le téléphone comme si l'homme en face de moi ne pouvait pas m'entendre. Il porte les mots « Hart Security » sur sa poitrine. Je le regarde reculer de deux pas.

"Est-ce qu'il a chaud?" demande ma sœur, semblant s'être réveillée à mes paroles.

"Chaud, c'est un euphémisme."

L'homme devant moi plisse les yeux alors qu'ils parcourent mon corps. Je suis petite, avec beaucoup de courbes, et pour la première fois de ma vie, je me demande si un homme aime ce qu'il voit en me regardant. Ma sœur attire toujours l'attention des hommes. Ce n'est pas nouveau pour moi et cela ne me dérange pas non plus. C'est comme ça.

C'est comme ça que ça a toujours été. Elle est grande, blonde et a les yeux les plus bleus. Elle est aussi très maigre, même si elle pourrait me manger plus que moi. Je suis tout le contraire. Courte, avec beaucoup de courbes, avec des cheveux et des yeux bruns. J'ai tendance à me fondre dans la masse. J'apprécie vraiment cela car je ne suis pas le meilleur interlocuteur. J'ai ce problème où je n'ai pas de filtre bouche-cerveau, et cela semble mettre les autres mal à l'aise. J'ai vu Elle grincer des dents à l'occasion à cause des choses qui m'étaient sorties de la bouche. Mais cela ne me dérange pas comme tout le monde le pense.

Tout comme M. Sex ici présent, qui a déjà pris quelques pas de recul par rapport à moi.

"Ouah. Il doit être incroyable. Je ne pense pas t'avoir déjà entendu traiter quelqu'un de sexy.

Mon estomac palpite à ses mots. Ils sonnent vrai. Non, je ne pense pas me souvenir d'un moment où j'ai trouvé qu'un homme était sexy. Symétrique, peut-être, mais il ne l'est certainement pas. Son nez semble avoir été cassé une ou deux fois et une petite cicatrice traverse sa joue droite.

Je me demande s'il en a plus. Je fais un pas vers lui, me demandant s'il me laissera voir. Je ne sais pas pourquoi j'ai besoin de savoir s'il en a plus. Cela n'a pas de sens. J'ai toujours une raison de faire des choses et de penser des choses.

« Avez-vous plus de cicatrices ? Puis-je les voir?"

J'entends sa respiration, puis Elle éclate de rire.

"Est-ce que tu viens de laisser entendre que tu voulais qu'il se déshabille?" » dit-elle en riant.

L'homme devant moi serre les poings et je me demande si c'est encore une de ces fois où je mets à nouveau quelqu'un mal à l'aise.

«Je...» Je m'arrête pour y réfléchir une seconde. Je ne pensais pas qu'il devrait se déshabiller pour que je puisse le voir davantage, mais maintenant j'aime l'idée. Je me lèche les lèvres.

"Laisse-moi lui parler", dit Elle, toujours en riant.

Je serre le téléphone dans ma main pendant une seconde avant de le retirer de mon oreille. Je suis reconnaissante qu'elle ne soit pas là en personne et je me sens immédiatement coupable de cette pensée. J'aime ma sœur, mais l'idée qu'elle retienne l'attention de cet homme, un homme que je ne connais même pas, me dérange. Cela ne peut pas être normal.

J'appuie sur le haut-parleur et je lui fais savoir qu'elle est prête à partir.

"M. Hart, c'est Elle. Nous avons parlé au téléphone ce matin. Je voulais juste vous remercier encore une fois d'avoir accepté ce travail personnellement et de ne pas l'avoir confié à quelqu'un d'autre. On me dit que tu es le meilleur.

"MS. Barber, la sécurité ici, c'est de la merde. J'ai passé les alarmes complètement inaperçu. Le portier ne m'a même pas jeté un second regard. Ses yeux se croisent à nouveau dans les miens pour la première fois depuis que j'ai été collé à son corps. "De plus, ta sœur ne semble avoir aucun putain de problème avec un homme qu'elle ne connaît même pas qui se trouve chez elle."

Le dernier morceau sort dans un cri et me fait écarquiller les yeux.

"Je te rappellerai." Je clique sur le bouton de fin sur l'écran du téléphone avant de plisser les yeux vers M. Hulk-man là-bas. Là où Hulk devient vert et devient tout géant, ce type semble devenir tout rouge et paraître encore plus grand que lui-même.

« Écoute ici, Hulk. Vous pouvez prendre votre corps incroyable et quitter ma maison. Je n'aurai pas besoin de vos services.

Mon visage s'échauffe un peu au mot services.

Il fait deux pas vers moi, encombrant mon espace, un espace dont il ne semblait pas vouloir faire partie il y a quelques instants. Il s'abaisse pour que nous soyons nez à nez.

« Désolé, petit gâteau. Le contrat est signé. Tu es à moi."

Chapitre 2

Canard

En me penchant vers elle, je sens une odeur de sucre sucré. Elle sent le gâteau et ça me met l'eau à la bouche. Je me demande si elle a aussi bon goût qu'elle sent. Je suis ennuyé de ne pas pouvoir garder cette pensée hors de ma tête alors que j'essaie de me concentrer sur la situation.

Elle Barber nous a envoyé un e-mail en début de semaine demandant la sécurité de sa sœur. Je n'avais jamais entendu parler d'elle, mais apparemment, deux des gars qui travaillent pour moi en avaient entendu parler, et ils m'ont tout de suite fait savoir qu'ils adoreraient reprendre l'affaire. Mon partenaire, Daniel Pinkoski alias Pink, était dans le noir comme moi. Mais après qu'un des gars l'ait recherchée sur Google, je pense que Pink a peut-être avalé sa langue. Il n'a pas dit un mot depuis qu'il a vu sa photo, et je commence à me demander s'il est sous le choc.

Voir Elle n'a rien fait pour moi. J'étais plus préoccupé par la raison pour laquelle elle pensait que sa sœur avait besoin de sécurité et non elle. Après tout, Elle est une ancienne mannequin célèbre. Je ne sais pas pourquoi les modèles doivent être si maigres. Donnez-moi une grande fille, pleine de courbes, et je serai un homme heureux. Je veux une femme avec un petit morceau. Quelque chose de doux contre lequel je peux me blottir, même si je n'ai jamais fait de câlins à une femme auparavant. Mais peut-être que je décris simplement Dina, parce que depuis que j'ai posé les yeux sur sa photo, elle est la seule chose que j'ai pu voir, et les pensées d'elle dans mon lit m'ont attiré alors que je passais mes mains sur elle.

Elle a envoyé un paquet d'informations comprenant une photo de Dina. À la seconde où je l'ai vue, j'ai su que cette affaire n'était pour personne d'autre que moi. Putain de magnifique, c'était tout ce à quoi je pensais. Il m'a fallu dix bonnes minutes pour regarder sa photo avant de passer aux autres éléments du dossier. Des courriels et des captures d'écran de textes harcelants, plusieurs plaintes déposées à la police affirmant que son appartement avait été cambriolé mais que rien n'avait été volé, des rapports détaillant des comportements de harcèlement mais sans aucun autre témoin pour donner plus de détails.

Ce qui m'inquiétait le plus, c'était la peur que je pouvais entendre dans la voix d'Elle lorsqu'elle m'a raconté ce qui se passait. Elle a peur pour sa sœur et je ne lui en veux pas. Le harceleur était plus agressif. Ce qui ressemblait au début à une petite intimidation en ligne que je pensais pouvoir être liée à l'obtention d'informations sur quelque chose sur lequel Dina travaillait a commencé à se transformer en une obsession pour celui qui faisait ça. J'ai déjà vu cela, et des choses comme celle-ci ne se terminent jamais bien, mais je ne vais pas laisser cela être le cas ici. Je ferai tout ce qu'il faut pour assurer la sécurité de Dina, et d'après ce que sa sœur a dit, ce sera un combat pour que Dina participe à tous les projets que je pourrais avoir.

J'ai travaillé pendant cinq ans pour les enquêtes de la police de Dallas avant de rejoindre leur équipe SWAT. Un soir, après un raid antidrogue, lorsque j'ai reçu une balle dans le genou, j'ai été définitivement exclu de la police. J'ai pu récupérer environ soixante-quinze pour cent de l'usage de ma jambe, mais ce n'était pas suffisant pour me permettre de réintégrer l'équipe. J'ai donc créé une entreprise de sécurité avec des amis, et ça marche très bien. Les gars de la police m'envoient beaucoup d'affaires et nous nous occupons d'affaires privées lorsque nous le pouvons.

Après avoir parlé avec Elle au téléphone, je lui ai fait savoir que je m'occuperais personnellement de l'affaire et que je veillerais à ce que Dina reçoive le traitement complet. Elle bénéficierait de la protection d'un garde du corps jusqu'à ce que nous attrapions le harceleur. Je ne la quitterais pas tant que la situation n'aurait pas été résolue. Ce n'était pas suffisant pour s'assurer que cela disparaisse. Je devais m'assurer que cela ne se reproduise plus. Pour une raison quelconque, le simple fait de regarder sa photo me faisait me sentir protecteur envers elle. L'idée que quelque chose lui arrive me glaça le sang.

Heureusement, rien ne m'empêche de rester avec Dina aussi longtemps qu'il le faudra. J'ai toujours été plutôt solitaire. Mon père a laissé tomber ma mère et moi quand j'étais petite, et ma mère est décédée il y a deux ans d'une crise cardiaque. Elle buvait comme un poisson et fumait comme une cheminée, mais heureusement, elle passait vite. La seule famille que j'ai maintenant est mon garçon Pink, mais il vient d'une grande famille allemande qui le fait toujours manger, et j'essaie de ne pas me mêler de ses affaires. Je sais qu'il veut juste que je participe à leurs divertissements, mais n'ayant jamais vraiment eu de famille, je me sens toujours mal à l'aise et je ne sais pas quoi faire de moi-même quand je suis avec eux. C'est mieux qu'il aille faire ses trucs de famille et qu'on traîne après.

Entrer dans l'appartement de Dina était une putain de blague. Le portier dormait au comptoir lorsque je suis passé, ne remuant que légèrement lorsque le bruit de l'ascenseur s'est déclenché. Entrer dans son appartement et contourner la sécurité était tout aussi simple. Le système n'est pas mauvais, mais mettre quatre zéros comme code d'accès n'est pas intelligent. Malgré toutes ces discussions sur le fait que cette nana était un génie, elle ne semblait pas y avoir réfléchi.

« Un petit gâteau ? Qu'est-ce que cela signifie?"

Elle ne bronche pas à mes paroles. Au lieu de cela, elle essaie de se rapprocher de moi. Cette nana a l'air bien trop innocente pour essayer de m'en vouloir. Quelle est sa motivation, je me demande en plissant les yeux.

« Cela signifie que je suis ici en tant que garde du corps engagé, ce qui signifie aussi que je reste ici. Je m'appelle Jackson Hart et je suis en charge de votre sécurité. Je maintiens mes propos fermes, ne tolérant aucun argument. Sa sœur a dit qu'il pourrait être difficile d'amener Dina à accepter la sécurité, et normalement je n'accepterais pas un cas comme celui-là. Je ne veux pas courir après quelqu'un qui ne veut pas de nos services, mais avec elle, je me retrouve à faire une exception. Le besoin de m'assurer qu'elle est en sécurité me pèse énormément. Je ne peux pas laisser quelqu'un lui faire du mal. Il est clair qu'elle a besoin de quelqu'un pour veiller sur elle et je vais m'assurer que cette personne soit moi. "Tu veux me montrer ta chambre d'amis ?"

"Tu ne vas pas coucher avec moi ?" dit-elle en penchant la tête sur le côté, tout en me regardant.

Ma bite est devenue dure à la seconde où elle a franchi la porte, mais je jure devant Dieu, je viens de faire sauter un bouton sur mon jean. Cette foutue chose va exploser d'une seconde à l'autre si elle continue à me parler comme ça. Putain, être dans son lit avec elle... Je me demande si ses draps sentent aussi bon qu'elle.

En la regardant dans les yeux, je ne vois aucune séduction ni intention cachée. Elle pense sincèrement que je suis censé coucher avec elle. "Et pourquoi ferais-je ça ?" Je faillis m'étouffer avant de prendre une profonde inspiration, essayant de me retenir.

« Si vous êtes là pour me protéger, jour et nuit, l'endroit le plus proche pour le faire est à mes côtés. Tu pourrais alors me montrer tes cicatrices.

Elle regarde ma joue et mon corps sans aucune excuse, et je suis encore une fois abasourdi par son discours audacieux. C'est quoi ce bordel ? Comment cette déesse aux courbes généreuses n'a-t-elle pas eu de bague au doigt ? Suivant son avance, je me lance.

"Pourquoi n'es-tu pas marié ?"

"Je n'ai jamais trouvé quelqu'un avec qui je voulais tester les rapports sexuels." Ses mots sont simples et pertinents. C'est presque comme si j'aurais dû le savoir.

Quelqu'un pourrait entrer et me renverser avec une plume tout de suite. Est-ce que cette fille me dit qu'elle n'a pas été touchée ? Jésus Christ.

"Tu es toujours aussi en avant ?" Je demande à voir ce qu'elle dit. On dirait qu'elle aime la vérité. Pas de va-et-vient.

"Je crois que oui. La plupart des gens détestent ça. Je dis ce que je pense. Je pense que mon esprit fonctionne un peu différemment de la plupart des autres. Je suppose que je suis désolé si je vous ai offensé. Mais je ne vois pas comment. Je répondais juste à vos questions.

Je me sens sourire un peu et je laisse échapper un soupir. "Non. J'aime ça. Ça évite les conneries.

chapitre 3

Zoé

Je le regarde simplement pendant que je débats de mes options. Tout le monde semble penser que j'ai besoin de sécurité, mais je n'arrive tout simplement pas à comprendre que quelqu'un me traque.

"Je ne suis pas sûr que tout cela soit nécessaire."

Ses yeux vert foncé se plissent sur moi, le demi-sourire s'effaçant de son visage. Peut-être qu'il n'aime pas que je lui explique ces conneries autant qu'il le pensait.

« Je me tiens au milieu de ton appartement et tu n'as même pas crié. Et ce, même si vous savez que quelqu'un vous traque. J'aurais pu être ce quelqu'un. Putain. Je pourrais être ce quelqu'un.

Je renifle et lève les yeux au ciel.

"Ouais, c'est vrai, Hulk-man." Je lui caresse la poitrine avant d'y poser ma main. Je commence à frotter. Je voulais seulement tapoter rapidement, mais maintenant je n'arrive pas à retirer ma main. J'aime sa sensation. Je ne pense pas avoir jamais aimé la sensation d'un homme auparavant. Je ne pense pas avoir déjà eu envie d'en toucher un auparavant.

Une fois, j'ai laissé un PDG d'une entreprise avec laquelle je travaillais m'embrasser. C'était gluant et gênant et je n'avais pas eu envie de réessayer. Je ne l'ai fait qu'une fois auparavant parce que je voulais voir ce que ça ferait d'embrasser. Pourquoi tant de gens ont toujours ressenti le besoin de le faire.

"Tu penses que je ne pourrais pas te faire de mal?" Il attrape mon poignet et l'éloigne de sa poitrine. Cette action me fait froncer les sourcils. Oh, je sais qu'il pourrait me faire du mal, mais quelqu'un comme lui ne me traquerait jamais. Cela ne me correspondait tout simplement pas. Au contraire, je finirais par le traquer.

"Oh, je suis sûr que tu pourrais m'écraser avec Hulk." Maintenant que je ne le touche plus, je pose mon autre main sur sa poitrine et je continue à faire ce que je faisais auparavant, mais il attrape aussi ce poignet.

"Alors pourquoi n'es-tu pas inquiet ?" Ses paroles sont dures et empreintes de colère. Contrairement à la douce prise qu'il a sur mon poignet. Je pourrais facilement m'éloigner avec un seul bon remorqueur. Peut être.

« Quelqu'un comme toi ne me traquerait pas. Peut-être ma sœur. En fait, je ne vois personne me harceler. Il doit y avoir une confusion.

Il tire un peu sur mon poignet et je tombe sur lui, haletant quand je sens son érection se presser contre moi.

"Tu es dur." Les mots sortent de ma bouche comme toujours. Je m'enfonce plus profondément en lui, voulant le ressentir davantage.

"Merde", grogne-t-il avant de reculer et de me relâcher. Il commence à faire les cent pas, me rappelant un lion en cage au zoo qui veut sortir. Je l'ai clairement mis mal à l'aise, et pour une raison qui me met mal à l'aise. Normalement, je me fiche de ce que les gens pensent des choses qui sortent de ma bouche.

« Peut-être que tu devrais juste garder ma sœur. Je suis sûr... » Mes mots s'arrêtent lorsqu'il arrête de rôder d'avant en arrière et que ses yeux se fixent sur moi.

"J'ai déjà mis quelqu'un sur elle."

"Alors tu es d'accord que c'est elle qui a besoin d'être protégée ?" Je déteste avoir eu raison. D'une part, je n'aime pas l'idée que ma sœur soit en danger et, d'autre part, mon esprit revient sans cesse à l'idée qu'il reste collé à moi comme Frodon sur le ring.

"Non. Je pense à cent pour cent que quelqu'un veut de toi et qu'il utilisera n'importe quoi pour t'atteindre.

"Je ne comprends tout simplement pas." Je secoue la tête.

« Il n'y a rien à obtenir. Laissez-nous faire notre travail et nous trouverons ce connard. Et nous assurerons votre sécurité tous les deux en attendant.

Je laisse tomber mon sac par terre et prends une profonde inspiration. Mon esprit semble emprunter un tunnel sans fin de qui et de pourquoi. Je n'arrive tout simplement pas à comprendre quoi que ce soit.

Je sens un doigt lever mon menton et je me retrouve à le regarder. Mes lunettes glissent sur mon nez. Je ne l'ai même pas entendu bouger vers moi.

«Je peux vous protéger tous les deux. Ta sœur aussi. Je sais que vous vous sentirez mieux tous les deux en sachant que vous êtes en sécurité. Qu'est-ce que ça peut faire de mal ? Vous ne remarquerez même pas ma présence.

« C'est hautement improbable. Tu es énorme et tu ressembles à un dieu du sexe masculin.

"Tu ne peux pas me dire des conneries pareilles." Il passe une main dans ses cheveux comme si je l'avais mis mal à l'aise. Voilà pour couper court aux conneries.

"Désolé. JE-"

Sa bouche heurte la mienne, coupant mes mots. Pendant un moment, je ne suis toujours pas sûr de ce qui vient de se passer. Je pensais l'avoir énervé. J'enfonce mes doigts dans sa chemise alors qu'il continue d'aller vers ma bouche. Quand je sens ses mains se poser sur mes fesses, j'ai le souffle coupé. Il prend l'ouverture et pousse sa langue dans ma bouche.

Je ferme les yeux tandis qu'il dévore ma bouche. Cela n'a rien à voir avec le baiser que j'ai eu auparavant. J'enfonce ma langue dans sa bouche, imitant ses mouvements, me demandant si je lui fais ressentir ce qu'il me fait ressentir.

Mon corps a l'impression de bourdonner. Quelque chose en moi prend vie. Je m'enfonce plus loin en lui, voulant être plus proche. J'approfondis le baiser. Il veut reculer, mais j'enroule mes mains autour de son cou, sans même remarquer que je suis à la hauteur de ses yeux et que mes pieds ne sont plus sur le sol alors que je le ramène vers moi.

Je bouge contre lui, ayant besoin de friction. Sa queue est posée contre mon cœur et je bouge mes hanches contre lui, prenant ce que je veux. Ce dont j'ai besoin. Tout le reste est oublié, mon esprit s'éteint.

Il grogne dans ma bouche et je jure que le son vibre dans tout mon corps et va directement là où j'en ai besoin. Mon corps explose. Un gémissement s'échappe de mes lèvres alors que je les retire enfin des siennes. Je laisse ma tête retomber et profite des sensations qui parcourent tout mon corps. J'ai l'impression de flotter.

Quand je redescends enfin, je me rends compte que je le suis en quelque sorte. Mes jambes sont enroulées autour de sa taille et je me retrouve dos au mur. Je sens sa langue sortir et me lécher le cou, faisant sursauter mon corps.

"Je veux refaire ça", dis-je paresseusement. Je pense que je pourrais faire ça encore et encore.

« Votre logement n'est pas sécurisé. Venez chez moi et je le ferai encore et encore.

"Mmmkay", c'est tout ce que je dis. J'irais probablement partout où il me le demanderait en ce moment.

"Putain de merde."

Je tourne la tête sur le côté et vois ma sœur debout sur le pas de la porte. Un homme se tient à côté d'elle avec un air choqué, reflétant l'expression d'Elle. Je suppose que c'est sa garde.

"Je garde celui-ci", dis-je en serrant mes bras autour de lui, ne voulant pas faire d'échange.

"Putain", dit Hart en me plaçant par terre. À regret, je laissai mes bras tomber autour de son cou.

Il se place devant moi, me bloquant la vue de ma sœur et de l'autre homme.

«Je ne pense pas que tu devrais être sa garde, Hart», j'entends l'autre homme dire. Ses paroles me font chavirer le cœur.

"J'emménage avec lui", je rétorque en sortant la tête de derrière lui. Elle rigole. Les deux hommes nous ignorent.

"Putain", répète Hart, comme si c'était le seul mot qu'il connaissait pour le moment. Il passe à nouveau ses mains dans ses cheveux. Ça doit être quelque chose qu'il fait quand il est frustré.

«Nous pouvons demander à Kent de la garder», dit l'autre homme, ce qui me fait froncer les sourcils.

"Non", rétorque Hart, nous donnant enfin un autre mot que putain. «Je vais le maîtriser», dit-il avant de me regarder. "Va préparer tes affaires."

Chapitre 4

Canard

Comment n'ai-je entendu personne nous surprendre ? Je m'en veux d'être si perdu dans notre baiser que je n'avais aucune idée de ce qui se passait autour de nous.

Baiser. Cela semble être un si petit mot pour décrire ce qui vient de se passer. Sweet Dina a frotté son corps contre le mien et a pris son pied. Elle m'a utilisé pour son plaisir, et putain si ce n'était pas la chose la plus chaude que j'ai jamais faite de ma vie. La baiser à sec contre un mur est mieux que tout ce que j'ai jamais ressenti, et tout ce à quoi je peux penser, c'est à quel point ça va être bon quand je rentrerai en elle.

Non.

Je dois prendre mes distances. Je ne peux plus m'assombrir. Sa protection doit être ma priorité numéro un. Quand ses lèvres touchèrent les miennes, j'étais perdu face à tout ce qui m'entourait. Tellement loin que je n'ai pas remarqué mon partenaire ou Elle se tenant dans l'embrasure de la porte.

Qu'est-ce qui m'arrive ? Je n'ai jamais été aussi ému par quelqu'un. À la seconde où j'ai vu sa photo, j'étais foutu, et maintenant, après avoir goûté ses douces lèvres, je ne sais pas si je peux rester loin d'elle. C'est probablement pourquoi je devrais le faire. Elle a besoin d'être protégée, et je ne peux évidemment pas le faire tant que je suis avec elle.

"Peut-être que tu as raison", je marmonne en regardant Dina sortir de la pièce.

"D'après ce que j'ai vu, je pense que vous avez tout compris", dit Elle. Je regarde et la regarde croiser les bras sur sa poitrine et me faire un sourire narquois. "Je pense que la plupart des gens seraient offensés d'entrer et de découvrir cette situation, mais je ne l'ai jamais vue avoir cette réaction envers quelqu'un." Elle penche la tête sur le côté et me sourit. "Vous devez être un sacré piège."

Pink laisse échapper un grognement sourd dans sa gorge et je regarde pour voir un air irrité sur son visage. Elle semble le sentir aussi. Elle le regarde et une rougeur apparaît sur ses joues.

«Je pense que je vais aider ma sœur à faire ses bagages», dit-elle en sortant de la pièce. Je vois Pink essayer de faire un pas vers elle, mais il se retient et reste devant l'appartement avec moi.

« Que s'est-il passé ?

Je me tourne vers Pink, ne sachant pas quoi répondre. En me frottant la nuque, j'essaie d'y apaiser un peu la tension. Comment puis-je même commencer à expliquer ce qui se passe ?

« C'est juste que... « J'essaie de trouver le bon mot, mais rien ne vient.

"J'ai réagi", termine-t-il pour moi, et c'est la vérité.

Je n'ai jamais arrêté de réfléchir à ce que je faisais ou aux conséquences. C'était le pur besoin et le désir qui me poussaient vers elle, contre elle. Un désir intérieur rageur au-delà de tout ce que j'ai jamais ressenti m'a poussé au-delà du point de raison et de raison.

"Oui." Le mot quitte mes lèvres comme une malédiction.

« Avez-vous besoin que j'intervienne ? Appeler quelqu'un d'autre ? Je vais être honnête, Hart. En te regardant maintenant, je ne connais personne qui serait prêt à te contrarier. On dirait que tu es sur le point de démolir un camion.

Pink s'approche et s'appuie contre le bar dans le coin cuisine. Il essaie d'être doux, mais je vois qu'il déplace son regard vers la chambre pour observer les femmes là-bas. Je le sais parce que j'ai fait la même chose.

«Je vais m'en sortir. Je ne veux personne d'autre là-dessus. Je sens mes poings se serrer. Je sais que je ne peux pas supporter l'autre option, celle d'avoir quelqu'un d'autre aussi proche d'elle.

« Si cela peut vous aider à vous sentir mieux, nous nous sommes en quelque sorte faufilés. »

Pink me sourit et me fait un clin d'œil. Ce salaud est presque aussi silencieux que moi. Il est probablement la seule personne sur la planète qui pourrait me surprendre, donc je ne me sens pas aussi mal qu'avant.

« Tu es d'accord pour rester avec Elle ? J'aimerais que nous restions tous les deux sur place ou qu'ils restent avec nous jusqu'à ce que cela soit réglé.

Il me jette un rapide regard dur et hoche la tête. "Je m'occupe d'elle."

« J'ai mis en place une vidéosurveillance à l'extérieur de cet immeuble et à l'intérieur de l'appartement. Si le harceleur essaie de revenir, je le saurai.

"Bien. J'ai tout installé chez Elle. Je suis prêt à y consacrer une nuit ou deux avant de lui proposer de la déplacer. Puisque la menace n'était pas dirigée contre elle, ma présence était peut-être simplement par mesure de précaution », dit Pink en essayant de regarder plus loin dans le couloir.

Nous attendons tranquillement encore quelques instants avant qu'Elle ne se dirige vers nous dans le couloir. "Je pense que tu devrais peut-être parler à Dina de ce que signifie réellement le mot" essentiel "." Elle me fait un clin d'œil et passe devant nous en se dirigeant vers la porte d'entrée. "Tu viens?" Elle se tourne vers Pink, le regardant de haut en bas.

"Mon Dieu, je l'espère", murmure-t-il, assez fort pour que je sois seul à l'entendre, alors qu'il s'éloigne du bar et se dirige vers la porte d'entrée avec Elle.

Je leur fais un signe de tête avant d'aller retrouver Dina. « Je vous contacterai régulièrement tous les deux. Pas de silence radio. Peu importe ce que. Clair?"

"Oui, monsieur", répond Pink alors qu'Elle salue. Ils sortent de la porte, elle rit et lui lève les yeux au ciel. Je déteste le dire, mais il a peut-être les mains pleines avec celui-là.

En parlant de poignées.

Je dois arrêter cette réflexion avant d'arriver à Dina. Je suis là pour la protéger, et je ne peux pas faire ça si je suis distrait. Peut-être que quand nous arriverons chez moi, je pourrai me branler très vite dans la salle de bain et soigner cette douleur. Je vais juste penser à la faire se frotter contre moi et je jouirai dans quelques secondes.

J'ajuste ma bite en marchant dans le couloir et dans sa chambre.

J'y suis déjà allé auparavant. J'ai fait un balayage dès mon arrivée dans l'appartement. C'est un peu comme le reste de sa maison. Murs nus, literie simple et rien de personnel nulle part à part la photo d'elle et de sa sœur à côté du lit. Chaque pièce est extrêmement bien rangée, à l'exception de son bureau. Dina est une minimaliste sans bibelots ni encombrement. Mais j'ai dû rire en entrant dans son bureau. Je suis sûr qu'elle considère qu'il s'agit d'un chaos organisé, mais pour quelqu'un qui travaille en ligne pendant quatre-vingt-dix pour cent de son temps, son bureau est en réalité l'endroit où elle vit. Peut-être que si elle s'aventurait davantage à l'extérieur, sa maison refléterait le même chaos que son bureau, mais dans l'état actuel des choses, son lit n'a guère l'air d'avoir dormi.

Je la vois près du lit, remplissant trois énormes valises à ras bord.

"Cupcake, ça ne me dérange pas que tu apportes beaucoup de choses, mais je pense que le sapin de Noël peut rester."

Elle fait une pause et me regarde, une couronne de Noël à la main. "Oh."

Le regard triste traverse son visage et je ressens une douleur dans ma poitrine. Je suis à ses côtés en quelques secondes, tenant son visage dans mes mains pendant qu'elle laisse tomber la couronne par terre.

« Ne fais pas cette grimace. Je suis désolé. Je voulais juste dire que c'était un petit voyage chez moi. Vous pouvez apporter tout ce que vous voulez. Je peux revenir pour toutes vos affaires demain ou après-demain. J'avais juste besoin que tu fasses un sac de voyage maintenant.

Elle sourit très grand, immédiatement à cause de la tristesse, comprenant ce que je veux dire. Je dois me rappeler qu'elle prend tout au sens le plus littéral.

"D'accord. Alors juste quelques choses. Je peux le faire."

"Parfait."

Je l'aide à préparer quelques vêtements de rechange et je récupère ses affaires de salle de bain avant d'aller dans son bureau pour voir ce dont elle a besoin. Elle prépare son ordinateur portable et un autre sac rempli de fichiers. Je n'ai aucune idée de ce que c'est, mais ils semblent suffisamment importants pour qu'elle les apporte. Je lui poserai des questions plus tard. Pour le moment, je me concentre sur sa sécurité, ce qui signifie la faire sortir d'ici et la ramener chez moi. Il n'y a pas d'endroit plus sûr que celui où je vis.

« D'accord, mon grand. Je pense que je suis prêt.

Je baisse les yeux et j'essaie de ne pas rire. Elle tient toujours la couronne de Noël sous le bras, mais je n'ose pas dire un mot. Si elle veut amener toute sa foutue maison, elle le peut. Cela semble étrange et hors du commun, mais je trouve sa bizarrerie adorable et son approche honnête est rafraîchissante. Je pense que la plupart des gens seraient terrifiés par un harceleur, mais Dina semble le prendre avec calme.

"Après toi, cupcake."

À ma grande surprise, elle tend la main et me serre les fesses en passant.

«Je me demandais juste ce que ça faisait. Okay allons-y."

Souriant et secouant la tête, j'attrape ses sacs. Cela va être pour le moins intéressant.

Chapitre 5

Zoé

"Wow, j'adore cet endroit." Je regarde autour de la maison de Jackson avec admiration. Tout est inondé de couleurs profondes et riches, ce qui donne une impression de chaleur et de convivialité, rien à voir avec mon appartement.

"Merci." Je le regarde et vois un peu de rose sur ses joues. Mon Dieu, il est si beau. Mes yeux reviennent sur la cicatrice sur sa joue. Je n'arrive pas à en détourner les yeux. Je ne pouvais pas m'empêcher de le regarder pendant tout le trajet jusqu'ici. Je n'ai aucune idée de ce que c'est chez lui, mais pour la première fois de ma vie, je suis totalement fasciné par un homme. Il me fait ressentir des choses que je n'ai jamais ressenties auparavant et j'aime ces sentiments. Je veux les garder. Ils me font me sentir davantage comme tout le monde. C'était peut-être l'orgasme époustouflant qu'il m'a donné. C'est quelque chose dont je vais bénéficier davantage.

« On se croirait dans une maison. Le mien est un peu... » Je fronce le nez en essayant de penser à un mot. "Froid."

«Je voulais que ce soit convivial», dit-il en utilisant mes propres mots. Je peux dire qu'il y en a plus là-bas. Qu'il a déployé beaucoup d'efforts pour rendre son logement chaleureux et accueillant. Cela lui semble important.

« Es-tu sûr de vouloir que je vive ici avec toi ? Je vais détruire cet endroit. Je laisse tomber le sac de mon épaule et lorsqu'il touche le sol, j'entends quelques choses se répandre, ce qui donne à mes paroles un son juste. «Je suis un peu en désordre. C'est pour ça que j'essaie de ne pas avoir beaucoup de choses. La simplicité semble mieux fonctionner pour moi.

Le coin de sa bouche s'étrangle à mes mots. «Je ne pense pas que rien chez toi soit simple. Et je pense que je peux gérer toi. Il me regarde, ses yeux me parcourent. Je ne pense pas que nous parlions de gérer les mêmes choses.

J'essaie de clarifier. "Je suis sérieux! Ma sœur est une maniaque de la propreté. Elle ne vivra même pas avec moi et elle m'aime. Lorsque j'ai déménagé seul, je me suis assuré de ne pas avoir trop de choses et j'ai essayé de les confiner uniquement dans mon bureau et ma chambre, des endroits dont je pouvais fermer la porte si des gens venaient.

Je regarde autour de chez lui et je vois que non seulement tout a l'air chaleureux et confortable, mais que ça a l'air soigné. Je suis ici depuis deux secondes et j'ai déjà fait des dégâts.

"J'aime bien l'idée de voir tes affaires partout chez moi." Il se penche et ramasse le sac que j'ai laissé tomber, remballant les objets qui se sont répandus.

"Cela n'a même pas de sens." Il aime l'idée que je devienne diable de Tasmanie à sa place ?

"Allez, je vais te montrer ta chambre."

Il commence à se diriger vers un couloir et je le suis, essayant de tout comprendre. « Je reste dans ta chambre, n'est-ce pas ?

Je m'arrête de bouger lorsque je heurte son dos. J'étais trop occupé à regarder chez lui pour faire attention à l'endroit où je marchais.

«Je dois te protéger, cupcake. Je ne suis pas sûr de pouvoir faire ça avec toi dans mon lit.

"Mais j'emménage et tu as dit que tu me donnerais plus d'orgasmes", je proteste, sans comprendre. C'est logique si nous dormons ensemble. Je suis peut-être nouveau dans ce domaine du sexe, mais je suis presque sûr que la plupart d'entre eux se déroulent la nuit. Au lit. J'espère que nous n'aurons pas à attendre que le soleil se couche parce que j'ai envie de le faire maintenant si c'est quelque chose comme ce qu'il m'a fait contre le mur.

"Déménager." Il dit les mots comme s'il ne les comprenait pas.

«Je pensais que tu avais dit que je restais avec toi. Que tu enverrais quelqu'un chercher le reste de mes affaires. Je vais devoir réfléchir à la résiliation de mon bail, mais je suis sûr que cela peut être fait pour le bon montant. Et Elle dit que j'ai de l'argent qui sort de mon cul, donc pas de soucis. Elle gère mes comptes. Je ne fais pas attention à l'argent. Je sais comment bien investir mais je ne surveille pas vraiment le dollar le plus bas. Je suppose que parce que je n'ai pas vraiment eu à le faire. Lorsque les gens font appel à mes services, c'est toujours elle qui gère les coûts et les paiements. Je fais simplement glisser mon Amex quand j'ai besoin de quelque chose et ça marche toujours. Elle dit que je ne dépense presque rien et que je ne dépenserai jamais autant d'argent à ce rythme-là.

Il continue simplement à me dévisager, son visage complètement illisible, même si je ne suis pas douée pour lire les gens. Du code informatique, oui. Les gens, je suis un fiasco total.

Je commence à m'inquiéter.

"Tu ne veux plus faire ça avec moi ?" Peut-être qu'il a changé d'avis. Elle fait ça tout le temps. Un rendez-vous et peut-être un baiser sur la joue et le gars se retrouve de l'autre côté de la porte. C'est devenu si grave qu'elle a complètement arrêté de sortir avec elle. Peut-être qu'il avait un orgasme et qu'il avait fini.

Puis ça me frappe. Il a vu ma sœur. Je n'y prêtais même pas attention. La plupart des hommes le perdent quand ils voient ma sœur. J'étais tellement pris par ma brume d'orgasme et m'assurant d'emménager avec lui, je n'ai même pas prêté attention à sa réaction.

"Veux-tu ma sœur maintenant ?" Je laisse échapper. C'est la première fois que j'aimerais pouvoir retirer les mots parce que je ne suis pas sûr de vouloir la réponse.

"Ma bite est encore très dure depuis que tu m'as frappé à sec, et j'ai l'impression que je pourrais exploser si je ne retrouve pas ton goût dans ma bouche. J'ai l'impression d'être un putain de drogué qui a besoin d'une solution.

Je me jette sur lui et il laisse tout tomber entre ses mains pour m'attraper. Je vais droit vers sa bouche, m'accrochant à lui, voulant lui donner ce dont nous avons tous les deux besoin.

Cette fois, j'enfonce ma langue dans sa bouche, le frappant comme s'il m'avait attaqué dans mon appartement. Je veux une rediffusion d'avant. Il a dit qu'il avait besoin d'un autre avant-goût, et je suis plus que disposé à lui en donner un, mais il se retire trop vite.

"Tu as dit que tu n'avais jamais eu de relations sexuelles", dit-il en étudiant mon visage.

"Je ne l'ai pas fait." Je passe un doigt sur la cicatrice de son visage avant de me pencher et de la lécher. Son corps devient complètement immobile.

«Je ne sais pas pourquoi j'ai fait ça», j'avoue. «Je continue de penser aux autres que tu pourrais avoir. Je veux leur faire ça aussi. Cette attirance que je ressens envers lui est folle. Je n'arrive pas à penser à autre chose. Fini la charge de travail que je dois accomplir, les fichiers et les dates disparus depuis longtemps et oubliés. Mon esprit ne voit plus la raison. Je veux juste. Cela doit être exactement ce que Frodon a ressenti avec cette bague. Jackson est la seule chose à laquelle je peux penser maintenant, tout ce qui semble compter.

"Tu vas être ma mort." Ses paroles semblent douloureuses.

« N'est-ce pas votre travail de garder les gens en vie ? »

Il prend une profonde inspiration, puis me retire de lui. Mes pieds se retrouvent sur la terre ferme, après avoir été enroulés autour de sa taille quelques instants auparavant.

« Ouais, c'est ça le problème. Je n'arrive pas à prêter attention à ce qui se passe autour de moi quand tu me touches et dis ce que tu fais.

"Est-ce que c'est anormal pour vous?"

"Putain oui."

"Il semble que j'ai le même problème." Mes épaules tombent. « Peut-être que ton ami avait raison. Ce serait peut-être mieux si quelqu'un d'autre me gardait.

Sa main passe sous mon menton, me faisant lever les yeux vers lui.

"Je devrais. Je devrais vraiment le faire. Je suis égoïste en le faisant moi-même, mais je ne peux pas. Je te veux ici."

"Je veux être ici aussi."

Il laisse échapper un soupir et hoche la tête. « Je dois enquêter davantage sur qui te traque. Si vous pouvez rester ici, chez moi, je saurai que vous êtes en sécurité. J'ai juste besoin de me remettre la tête droite. Je vais vous montrer la chambre et je serai de retour dans quelques heures.

"Quelle pièce?" J'appuie, me mordant la lèvre en essayant de ne pas sourire.

Il gémit et passe une main sur son visage.

"Ma chambre."

"N'est-ce pas à nous si je vis ici maintenant?" Je dis simplement.

"Comment se fait-il que les choses qui sortent de ta bouche, les choses qui devraient me faire fuir dans l'autre sens, me rendent juste plus fort ?" Il se penche et s'ajuste, et mes yeux se tournent vers sa queue. La même bite contre laquelle j'ai envie de me frotter comme dans mon appartement.

J'ignore sa question parce que je ne comprends pas ce qu'il veut dire.

"Pouvons-nous refaire cette chose avant que tu partes?"

"Comment vas-tu, vierge avec une bouche comme la tienne?"

"Parce que je n'ai jamais demandé à quelqu'un de me faire jouir auparavant?" J'essaie de me parcourir l'esprit en me demandant s'il y avait jamais eu quelqu'un avec qui j'aurais voulu avoir des relations sexuelles mais que je ne lui avais tout simplement pas demandé.

"A quoi penses-tu? Je vois ton esprit travailler. Sa main arrive au milieu de mon front et il me frotte là, comme s'il essayait de repousser les rides. Elle dit toujours que je me renfrogne quand je réfléchis vraiment fort.

"J'essaie de me demander s'il y a quelqu'un d'autre avec qui j'aurais pu coucher avec."

Instantanément, je décolle du sol et je passe par-dessus son épaule.
"Jésus, Hulk."

Avant de pouvoir prendre mes marques, je me retrouve à plat ventre sur un lit avec un homme à l'air très en colère qui me surplombe.

Chapitre 6

Canard

Je me déplace entre ses jambes et regarde son sourire surpris.

«Je ne supporte pas l'idée de toi avec un autre homme. Je ne veux même pas que ces idées vous viennent à l'esprit. En me penchant, je passe doucement mes dents sur son cou, sentant son pouls sur ma langue. "Je suis égoïste. Je veux vous tous, même vos pensées.

« Oh, ça fait du bien. Et ne vous inquiétez pas. Tu es le seul auquel j'ai pensé en y réfléchissant.

Je ne peux m'empêcher de sourire contre sa peau. La façon dont elle parle me donne l'impression que je peux être complètement ouvert et honnête avec elle. Comme s'il n'y avait rien qu'elle ne voudrait pas que je lui dise, ou qu'elle me le dise.

"Bien."

Je bouge un peu plus entre ses cuisses, appuyant une partie de mon poids sur elle. Ma bite dure frotte contre sa chaleur et un frisson parcourt ma colonne vertébrale.

"Vas-tu me donner un orgasme maintenant?"

J'embrasse son cou et lèche le contour de son oreille en murmurant: "Oui".

Je m'éloigne d'elle et déboutonne son jean, le tirant lentement le long de ses hanches. Quand Dina attrape sa culotte, je pose doucement mes mains sur les siennes et la regarde dans les yeux. Je secoue légèrement la tête, lui faisant savoir d'arrêter.

« Gardons ça pour le moment, cupcake. Je ne suis que si fort.

Elle me sourit, ses riches cheveux bruns étalés sur mon oreiller et hausse les épaules. "Tu es le patron. Tant que j'obtiens mon orgasme.

Je ferme les yeux, pensant à quel point j'ai envie de m'enfoncer en elle, mais je serre la mâchoire et garde ma retenue. Pas encore. Juste quelques caresses, et c'est tout pour l'instant. Je dois garder la tête droite et je sais qu'une fois en elle, rien ne m'arrêtera.

Une fois que j'ai enlevé son jean, je baisse les yeux et vois qu'elle porte juste un T-shirt avec une culotte en coton rose. Mes yeux se concentrent sur ses sous-vêtements et je vois une petite tache humide. C'est soit plus tôt, soit maintenant, mais dans tous les cas, je me lèche les lèvres, voulant y goûter.

Atteignant mon propre jean, je déboutonne le bouton du haut et l'ouvre. En tirant les rabats, j'expose mon caleçon, tendu par l'érection massive derrière lui. Je suis tellement dur que ça sera probablement fini dans quelques secondes. La taquinerie d'avant m'a presque fait jouir sur moi-même.

Je sais que si je pose ma bouche sur sa chatte, je devrai la baiser, alors à la place je me penche en avant, pressant nos corps l'un contre l'autre, seuls nos sous-vêtements nous séparant. Notre chaleur se connecte et c'est comme un éclair qui traverse mon corps. Sa culotte chaude et mouillée marque la crête dure de ma bite.

Je me cogne lentement contre elle, imitant la façon dont je veux la pénétrer. Ses gémissements commencent à remplir la pièce et je lève les yeux pour voir ses yeux fermés et un grand sourire sur ses lèvres. Ses bras sont levés et saisissent la tête de lit pendant que je fais semblant de la baiser.

En regardant là où je me déplace contre elle, je vois le bout de ma bite sortir de la ceinture de mon caleçon à chaque mouvement ascendant. Il a envie de sortir et de se frotter contre elle, peau à peau, mais c'est trop risqué. Si je sors ma bite, j'aurai envie de la pousser, même si elle porte toujours sa culotte. Ensuite, je voudrais les déplacer sur le côté et demander à sa chatte d'embrasser le bout. Alors ce ne sera pas suffisant. Je voudrais que tous les dix centimètres soient enfouis profondément dans sa douceur, et je dois me retenir là-dessus. Je dois juste faire ça et faire en sorte que cela suffise.

À chaque poussée, je sens sa chatte mouiller davantage sa culotte et ses gémissements deviennent de plus en plus forts. Je vois à nouveau le bout de ma bite ressortir, et cette fois une épaisse goutte de sperme sort et se pose sur le bas de son ventre. Je regarde la perle collante sur son corps, et soudain je vois son doigt descendre pour la toucher.

Je suis sa main pendant qu'elle l'essuie puis porte son doigt à sa bouche. Quand elle ferme ses lèvres et fredonne de plaisir en fermant les yeux, je jouis presque sur tout son ventre. Cet acte innocent est tellement érotique que je peux à peine empêcher mon corps de trembler.

« Ça a bon goût. Peut-être que parfois tu pourrais me laisser te lécher là-bas.

"D'accord", c'est tout ce que je suis capable de grogner. J'ai poussé fort contre sa chatte, me sentant agressif face à mon besoin d'elle.

Je déplace mes hanches un peu plus bas pour que lorsque je pousse vers le haut, le bout de ma bite heurte son clitoris recouvert d'une culotte. Quelques coups laissent une petite tache blanche de mon sperme. Chaque fois que mon pourboire la frappe là, elle gémit plus fort. Je ne peux pas m'empêcher d'essayer de lui donner ce qu'elle veut, alors je tiens mon bout découvert sur son clitoris et je pulse doucement contre lui.

"Plus", gémit-elle en fermant les yeux et en agrippant la tête de lit.

Je sais où cela mènera. Je sais ce qui se passera si je lui donne plus de ce qu'elle demande. Mais je suis faible quand il s'agit d'elle et je lui donne plus.

Mes doigts tremblent alors que je tire doucement sa culotte sur le côté, m'exposant sa chatte nue. Elle n'a qu'une petite quantité de cheveux ; il a l'air presque nu. Ses lèvres sont gonflées et trempées de besoin, et son clitoris est dur et demande de l'attention.

J'appuie mon bout contre son clitoris, la chaleur et l'humidité l'accueillant. C'est tout ce que je peux faire pour ne pas fermer les yeux à cause du plaisir. Je ne veux pas en manquer une seconde.

En frottant mon bout d'avant en arrière sur son clitoris, Dina gémit plus fort alors que je laisse de petites traces de sperme sur elle. Ses hanches commencent à se soulever, comme si elle m'invitait à l'intérieur d'elle, et je restais immobile. Je ne peux pas entrer en elle, pas encore. Mais sa chatte bouge de haut en bas et elle essaie de me prendre en elle.

"Putain, Dina."

"Je pense que ce serait bien." Elle gémit et remonte ses hanches, essayant de me faire pénétrer.

En portant mon pouce à son clitoris, je l'y frotte un peu et porte mon pouce à ma bouche. J'ai besoin d'un petit avant-goût d'elle pour m'aider à garder mes forces.

Sa saveur frappe ma bouche et je jure que je sens un gémissement sortir. C'est trop, mais ce n'est pas suffisant. Je dois la faire descendre pour pouvoir jouir et essayer d'apaiser la bête que je ressens en moi.

Attrapant ma bite, je recommence à frotter le bout de ma bite sur son clitoris. « Juste comme ça, Dina. Jouis pour moi comme ça, cupcake.

Je maintiens ses hanches avec ma main libre, l'empêchant d'essayer de prendre ma bite en elle. Elle en veut plus, mais pour l'instant je ne lui donne que ce dont elle a besoin.

Je sens sa chatte commencer à palpiter alors que son dos s'incline hors du lit. Elle crie mon nom, et ce son suffit à me mettre en colère.

"Canard!"

Je regarde son corps se tendre et traverser les vagues de son orgasme, et je jouis sur sa douce petite chatte. D'épais jets de sperme éclaboussent son clitoris et je la regarde la marquer. Je descends un peu, pressant le bout de ma bite contre son ouverture vierge, et y libère également un peu de mon sperme. Je ne sais pas ce qui me pousse à le faire, mais j'ai l'impression que je dois aussi en tirer là-dedans. Je veux qu'elle m'appartienne entièrement, même si je ne l'ai pas encore complètement prise.

Lorsque le reste de mon sperme a quitté mon corps, j'attrape Dina par la taille et je la fais rouler sur moi avant de m'effondrer de tout mon poids sur elle.

J'ai l'impression d'avoir été heurté par un camion. Mon orgasme m'a secoué durement.

Soudain, je sens Dina s'asseoir et j'ouvre les yeux pour voir le plus grand sourire qui m'éclaire.

«C'était incroyable. Maintenant, cette fois, je pense que je veux être au top pour pouvoir faire ce que je veux.

Ma bite encore dure palpite à l'idée, mais je secoue la tête en lui souriant en retour. "Je commence à penser que tu ne veux de moi que pour une chose, Dina."

Elle a l'air de réfléchir à quelque chose, et j'essaie de la faire sortir de ses pensées avant qu'elle puisse me dire que le sexe est peut-être la seule raison pour laquelle elle s'intéresse à moi.

« Laissez-moi vous montrer mon expertise culinaire pendant que nous passons en revue les informations sur les harceleurs. Accord?"

Elle se penche, m'embrasse rapidement et saute de mon corps. "Deal", dit-elle, et elle recouvre sa chatte couverte de sperme avec sa culotte et remet son jean.

Pourquoi est-ce que l'idée que je la recouvre me rend à nouveau incroyablement dur ?

Chapitre 7

Zoé

Je le regarde pendant qu'il se déplace dans la cuisine pendant que je suis assis au bar du petit-déjeuner. Sa chemise est enlevée et je peux voir les crêtes et les lignes de ses muscles lorsqu'il se déplace. Pour un si grand type, il bouge presque avec une grâce silencieuse. Je me demande si cela a à voir avec son travail. Quelque chose pour lequel il a été formé.

Je n'ai jamais été aussi fascinée par un homme de ma vie, et plus j'en apprends sur lui, plus la situation empire. Je n'arrive pas à détourner mes yeux de lui, mémorisant chaque marque sur son corps. Au début, j'étais intrigué par les cicatrices qui jonchaient son corps, mais maintenant mes yeux s'attardent sur les tatouages qui courent et couvrent chaque centimètre carré de ses deux bras.

"Aimez-vous la douleur?" La question me sort de la bouche.

Il se tourne vers moi, les muscles de son dos fléchissant à nouveau. Je me demande combien il doit travailler pour garder ces choses. Je parie beaucoup. Je sais qu'il peut me soulever comme si je ne pesais rien du tout.

«Je ne dirais pas que j'ai aimé ça. Pourquoi?"

"Je ne sais pas. Juste tous les tatouages et cicatrices. On dirait que tu souffres beaucoup.

Sa tête penche sur le côté, un demi-sourire tirant sur sa bouche. Sous cet angle, je peux voir une fossette sur sa joue, que je n'avais pas remarquée auparavant. Peut-être à cause de sa pilosité faciale claire, mais je le vois maintenant.

"Les cicatrices viennent en quelque sorte avec le travail, et les tatouages aussi."

« Il faut se faire tatouer pour être garde du corps ? C'est peut-être une sorte de rituel qu'ils pratiquent. Comme quand ma sœur était pom-pom girl et qu'elle portait des rubans dans les cheveux et se maquillait le visage avec du maquillage. Je ne l'ai pas compris, mais ils l'ont tous fait. Cela avait l'air plutôt stupide, mais les tatouages n'ont pas l'air stupides sur Jackson.

Il laisse échapper un éclat de rire alors qu'il se remet à hacher un oignon.

« Non, petit gâteau. Ce n'est pas obligatoire. C'est juste quelque chose que les gars et moi aimions faire. Je n'en ai pas reçu de nouveau depuis longtemps.

"En veux-tu plus?"

« Je n'y avais pas vraiment pensé. Je pense que la dernière fois que j'en ai eu un, j'étais avec SWAT.

"Tu devrais en avoir un avec de la couleur."

Il pose le couteau et passe une main sur son autre bras, regardant ses tatouages.

"Tu n'aimes pas tout le noir?" » demande-t-il comme s'il s'en souciait vraiment. Elle ne m'a rien demandé sur la mode ou sur ce qui est beau depuis toujours. Je n'ai absolument aucun sens de la mode et, la plupart du temps, je m'en fiche. Je jette juste des trucs.

"Je pensais que ça pourrait être joli." Tout chez lui semble sombre et grand. Presque effrayant. Je l'ai vraiment remarqué lorsque je l'observais bouger dans la cuisine. Il a raison. J'aurais dû avoir peur quand je suis entré dans mon appartement et il était juste là. Il est construit comme un putain de géant. Ses yeux sombres et ses cheveux noirs se nourrissent du côté mortel. Je suis sûr qu'il pourrait simplement couper quelqu'un en deux s'il en avait besoin. Les tatouages et les cicatrices ne font qu'ajouter à sa mystique "Je pourrais te couper en deux ou laisser Hulk t'écraser".

Mais quand je l'ai vu pour la première fois, je savais que quelque chose chez lui me paraissait bien. J'ai ressenti une attirance envers lui comme je n'en avais jamais connu auparavant. Bon sang, je fais des choses avec lui que je n'avais jamais pensé faire avec qui que ce soit auparavant.

« Et que suggéreriez-vous ? » demande-t-il, comme s'il ferait réellement tout ce que je suggérerais.

"Un petit gâteau?" Je plaisante à moitié, pensant qu'il ne ferait jamais ça. "Cela pourrait aller juste à côté de ce crâne."

Jackson rejette la tête en arrière et rit. Cela berce son corps et me fait sourire. J'ai même l'impression d'aimer qu'il fasse ça aussi. Tout ce qu'il fait m'énerve. Cela me donne envie de m'enrouler à nouveau autour de lui.

«Je suis content d'emménager. Je pense que je vais te garder. Il semble que nous travaillons mieux que moi avec la plupart des gens », je confirme. Oui. Cela semble logique. Je pourrais le surveiller tout le temps. Même si je ne suis pas sûr de la quantité de travail que je vais accomplir. Quand je me suis assis au bar du petit-déjeuner, j'avais l'intention de travailler un peu sur mon ordinateur portable. J'ai un projet que je dois terminer – un gros projet – mais mes yeux ne semblent pas pouvoir le quitter.

« Vous n'arrêtez pas de dire 'emménagez ici' comme si c'était permanent. Est-ce que c'est ce que tu veux dire, ou est-ce que je ne te comprends pas ?

"N'est-ce pas..." Je fais une pause, essayant de repenser à ce qu'il a dit. Quelque chose comme si je restais avec lui et je serais en sécurité. Il serait mon garde du corps le temps de découvrir qui me traquait. Je détourne les yeux de lui, me sentant gênée. C'est un sentiment auquel je ne suis pas habitué. "Tu voulais juste dire jusqu'à ce que tu découvres qui me traque."

Je ne peux pas me résoudre à le regarder. Est-ce que c'est ce que ressentent tous ces gars quand Elle leur dit de prendre la route ? Je me sens soudain mal pour eux.

Je le sens avant même qu'il ne me touche, debout à mes côtés. Puis il prend mon visage dans sa main, me faisant lever les yeux vers lui. Même avec moi assis sur la chaise haute, il est toujours ridiculement plus grand que moi. Il se penche un peu, rapprochant nos visages.

"Tu peux rester ici aussi longtemps que tu le souhaites." Il se rapproche un peu plus. "Je travaille mieux avec toi qu'avec la plupart des gens aussi."

"Vraiment?" Je m'avance un peu, voulant me rapprocher de lui. Mes fesses pendent pratiquement de la chaise.

D'un seul mouvement, il me relève, prend ma place et me met sur ses genoux. Mon corps chevauche ses cuisses épaisses et je m'installe parfaitement contre lui.

"Ouais vraiment." Il utilise une main pour écarter une mèche de cheveux de mon visage. «Quand ta sœur est venue me parler de toi et que j'ai vu ta photo, je savais que je serais celle qui prendrait ton cas personnellement. Je ne fais plus de garde du corps personnel. J'ai des hommes pour ça.

«Avez-vous aussi vu une photo de ma sœur?» Je demande, voulant savoir. Si Elle était là, elle m'aurait donné un coup de coude pour me faire savoir que c'était une question que je ne devrais pas poser. Neuf fois sur dix, je sais que je ne devrais pas dire quelque chose. Je ne suis pas stupide, mais la subtilité n'est tout simplement pas une compétence que je pourrais acquérir. Si j'avais une question, je la posais ou je trouvais un moyen d'obtenir la réponse.

"J'ai vu la sienne en premier."

"Et?" Je donne un coup de coude.

"Et quoi?" Ses sourcils se rejoignent comme s'il ne comprenait pas où je veux en venir.

« Tu ne voulais pas la garder ? »

"Comme je te l'ai dit, je lui ai mis une garde." Il saisit fermement mes hanches. «Je te garde. Je ne voulais personne sur toi à part moi. Dès le premier instant où j'ai vu cette photo de toi. Quelque chose m'a frappé et j'ai dû voir ce que c'était. Appelez ça le flic en moi. C'est peut-être le sixième sens que l'on développe en travaillant sur des affaires et en défonçant des portes.

Je me tortille un peu sur ses genoux.

"Nous nous entendons bien", je confirme.

"Je n'arrive pas à réfléchir quand tu fais cette merde."

"Je sais. N'est-ce pas incroyable ? C'est comme si mon cerveau s'était arrêté pour une fois. J'ai toujours l'impression que ça avance, mais avec toi… »Je fais une pause, parce que je n'arrive pas à penser comment terminer cette pensée.

"C'est comme si rien d'autre n'avait d'importance." Il le termine.

"Tu le ressens aussi ?"

"Ouais." Il hoche la tête, posant son front contre le mien.

"Je n'ai aucune idée de ce que je fais. Je n'ai jamais fait ça. Bon sang, c'est toujours juste ma sœur et moi. Je n'ai même pas vraiment d'amis, à moins de compter ceux que j'ai sur Internet. Et la plupart du temps, nous sommes juste en compétition pour des choses. Je n'ai jamais eu de petit ami. C'est ce que tu serais, n'est-ce pas ?

"Moi non plus."

Je me recule pour le regarder. Pour une fois, il doit me regarder.

«J'avais une petite amie», termine-t-il, et je le regarde simplement. Je n'ai peut-être pas envie de surveiller les hommes, mais je sais au moins ce que recherchent les femmes, et il fait l'affaire.

"Mais tu es," je pose mes mains sur sa poitrine, sentant le chatouillement de ses poils sur mes doigts, "tu sais, tout sexy et tout ça." Je sens mon visage se réchauffer un peu à l'admission. Encore une fois, l'embarras me frappe, me rappelant à quel point il est si différent dcs autres hommes que j'ai rencontrés.

« Disons simplement que je ne suis pas non plus une vraie personne sociable. Je n'ai jamais eu envie d'avoir une petite amie.

"Mais j'ai raison?" Je suis nerveux, car il ne l'a toujours pas confirmé.

"C'est juste là," ses mains glissent le long de mes hanches et redescendent, "et quelques autres raisons. C'est pourquoi je suis si attiré par toi. Au début, c'était ta photo, mais à partir du moment où tu as ouvert la bouche et que les choses ont commencé à tomber, j'ai su que j'étais foutu.

«J'aime quand tu dis des choses comme ça. Ça me fait chaud à l'intérieur. Je glisse mes propres mains sur sa poitrine et autour de son cou.

« N'est-ce pas ce que les petits amis sont censés faire ? Faire en sorte que leur femme se sente toute chaude à l'intérieur ? Il ne me laisse pas répondre. Il se penche simplement et prend ma bouche pour un baiser. Cette fois, c'est doux et sucré, pas comme ceux que nous avons eu auparavant. C'est presque comme une confirmation qu'il est à moi maintenant.

Je me sens audacieux et je veux explorer autant que possible ce nouvel éveil sexuel. Faites tout ce que font les copines.

Je glisse du tabouret et écarte les cuisses de Jackson.

« Cupcake. » Il y a un côté sombre dans sa voix, mais je le regarde avec un sourire éclatant.

"Je veux faire des choses avec ma petite amie."

Je m'agenouille devant lui pour que sa queue soit au niveau des yeux. Je passe mes mains sur ses cuisses, puis je passe la main dans la ceinture de son short ample et je tire dessus.

"Je-" Il commence à dire quelque chose, mais quand je tire à nouveau sur son short, il s'arrête pour m'aider à l'enlever. «Je ne sais pas si je peux me contrôler», grince-t-il.

« Je n'ai jamais fait ça auparavant, donc ça ne se passera peut-être pas si bien. Laissez-moi juste explorer.

Sa bite géante bouge devant moi et je me lèche les lèvres. Je vais enlever mes lunettes, mais il m'arrête.

"Laissez-les." Sa voix est remplie de tellement de désir qu'elle me donne la chair de poule. C'est tellement excitant que je lui ai fait ressentir cela.

Je sens ses doigts dans mes cheveux alors qu'il les écarte de mon visage, les retenant pour moi alors que je me penche en avant et ouvre la bouche.

Sa saveur chaude frappe ma langue et je gémis autour de la tête de sa queue. Il est un peu salé, mais j'aime sa sensation. Ses cuisses tremblent sous mon contact alors que je l'aspire davantage dans ma bouche. Il laisse échapper un souffle aigu et sa saveur inonde ma langue.

Je pense qu'il aime quand je le suce, car plus je descends et avale autour de sa bite, plus le sperme s'écoule. Je commence à bouger ma bouche de haut en bas, en essayant de sucer en même temps pour en avoir plus. Je veux le sentir jouir dans ma bouche, et cela semble être la meilleure façon de le faire.

« Les mains, Dina », grogne-t-il, et on dirait qu'il retient son souffle.

J'approche mes mains de sa queue, l'une va à la hampe et l'autre à ses couilles. Il est si dur, et pourtant sa peau est si chaude et douce. La délicate crête contre ma langue est sexy. Je déplace la main sur son manche au rythme de ma bouche, et il répond immédiatement à cela, me donnant plus de sperme, en grognant. Je masse légèrement ses couilles avec mon autre main, les sentant remonter tandis que quelques gouttes supplémentaires de sperme frappent ma bouche.

"Putain. Je ne peux pas durer. Ses mains se resserrent dans mes cheveux et il va me retirer de lui. "Dina, va-t'en, bébé. Je jouirai dans ta bouche si tu ne le fais pas.

Il tire à nouveau sur mes cheveux, mais je le serre plus fort et le suce plus profondément, sans le laisser lui enlever sa queue. Je veux qu'il perde le contrôle comme je l'ai fait avec lui.

« Putain, bébé. Je jouis.

Ses cuisses se bloquent alors que son sperme touche le fond de ma gorge. Je le bois, l'aspire tout entier et m'assure de ne pas en renverser. Il gémit si fort et j'adore ce son. J'adore avoir pu lui faire ça. Je me sens si puissant de pouvoir le faire jouir, et c'est agréable de savoir que je peux lui rendre le plaisir d'une manière ou d'une autre.

Quand il a fini de jouir, j'enlève ma bouche de sa bite dure et lui donne un dernier baiser sur le bout. Il sursaute en réponse et je lui souris, voyant que ses yeux sont mi-clos.

«Je crois que j'ai vu des étoiles», dit-il, et cela me fait sourire.

"C'était bien?" Je demande alors qu'il me tire sur ses genoux. J'aime que je lui plaise.

« Il n'y a pas de mot pour le décrire. Tellement mieux que bien, cupcake. Parfait." Il attrape l'arrière de ma tête, m'attirant pour un doux baiser dont je déteste m'éloigner.

"Je pense que la nourriture brûle." Je sais qu'il semble détester que je puisse le distraire comme ça, mais j'aime pouvoir lui faire ce qu'il me fait.

"Merde." Il se lève d'un bond et me repose sur ma chaise avant de se précipiter vers le poêle. Il sort une casserole et marmonne quelque chose à propos d'une distraction.

Chapitre 8

Canard

Quand j'ai fini de nettoyer après notre repas, je vais au bar et remet Dina sur mes genoux. J'ai dû tout refaire, mais cela ne me dérangeait pas car cela me donnait l'occasion de la regarder travailler pendant qu'elle me regardait cuisiner.

"Dites-moi sur quoi vous travaillez", dis-je en me penchant et en l'embrassant dans le cou.

«Je fais des recherches de données pour quelques entreprises à l'intérieur et à l'extérieur du pays, oh mon Dieu, ça fait du bien. Juste là."

Je souris contre sa peau. "Qu'est-ce que c'était ?"

« Ta bouche est très distrayante. Ne vous arrêtez pas. Je vais continuer à parler.

Je continue de l'embrasser pendant qu'elle enroule ses bras et ses jambes autour de moi.

« Essentiellement, je collecte des informations financières sur les gens. Parfois, je suis embauché par le gouvernement, et parfois je suis embauché par des méchants.

Je suis tendu par son utilisation du terme «méchants». "Que veux-tu dire par là?"

« Ce n'est vraiment rien. Je prends juste les cas que j'aime. Si je trouve quelque chose d'intéressant, je le fais.

Elle le dit avec nonchalance. Je ne suis pas sûr qu'elle comprenne les dangers de travailler pour des criminels lorsqu'il s'agit d'argent.

"Cupcake, tu ne penses pas que ça pourrait avoir quelque chose à voir avec ton harceleur maintenant ?"

Elle me regarde et penche la tête sur le côté comme si elle y réfléchissait.

"Non. Je suis prudent."

Alors que je m'apprête à ouvrir la bouche et à lui poser d'autres questions, j'entends l'alerte se déclencher sur mon téléphone. Je saute, emmenant Dina avec moi alors que je vais de l'autre côté du comptoir et l'attrape.

Avant que Dina ne m'arrive, j'ai installé quelques affaires dans son appartement. Caméras cachées, détecteurs de mouvement, ça marche. Si quelqu'un entrait dans l'appartement, je pourrais le surveiller. J'ai configuré l'alerte sur mon téléphone.

Je porte Dina jusqu'à mon ordinateur portable et la pose sur le comptoir à côté. Je l'ouvre, saisis mon mot de passe et attends une seconde que toutes les caméras de sécurité se mettent au courant.

« C'est ma maison », dit-elle en se penchant et en me regardant.

"Oui. On dirait que quelqu'un est entré à l'intérieur. La porte d'entrée a été ouverte, mais il n'y a aucun signe d'effraction. Je zoome sur l'image et constate que la poignée de porte et les serrures ne semblent pas endommagées. Je vérifie à nouveau le système de clavier de mon téléphone et constate que le code correct a été saisi. "Celui qui a fait ça avait une clé et un code."

"C'est impossible. Seules Elle et moi avons ça.

Je passe d'une caméra à l'autre dans la maison, mais je ne trouve aucun mouvement. Je ne peux pas comprendre. Quelqu'un a ouvert sa porte et a éteint l'alarme. J'ai un détecteur de mouvement qui se déclenche à l'entrée mais nulle part ailleurs. Celui qui était là a dû voir quelque chose pour les effrayer.

Je rapproche Dina de mon côté pendant que je regarde les images de la caméra. Finalement, j'arrive au point où les capteurs se sont déclenchés et je vois une ombre sombre devant la porte d'entrée. Nous nous rapprochons tous les deux de l'écran de mon ordinateur portable pour essayer de distinguer la silhouette, mais elle est trop sombre et trop granuleuse.

« Bon sang », je jure, j'aurais aimé avoir plus de temps pour tester l'équipement que j'ai mis en place avant notre départ. J'étais tellement soucieux d'amener Dina ici que je n'ai pas testé correctement les capteurs et les caméras. «Je suis désolé, Dina. C'est ma faute."

"Pourquoi êtes-vous désolé? C'est toi qui m'as sorti de là. Je suis en sécurité grâce à toi.

Je la regarde dans les yeux et je vois qu'elle le pense de tout son cœur. Elle a en partie raison. Je l'ai fait sortir de là avant que la personne ne revienne, mais je ne peux m'empêcher de me sentir un peu coupable de ne pas m'être assuré que nous l'avions attrapé en même temps.

« Reconnaissez-vous la personne à l'écran ? J'ai peu d'espoir qu'elle le fasse. Elle me l'aurait déjà dit. Avec Dina, je sais toujours ce qu'elle pense. Et c'est probablement ce que je préfère chez elle.

"Non. C'est tellement flou. Cela peut être un homme ou une femme, et je n'arrive même pas à distinguer ce qu'ils portent. On dirait qu'ils ouvrent la porte, entrent le code et restent là pendant sept secondes avant de se retourner et de partir. Je ne pense même pas qu'ils l'aient verrouillé derrière eux.

"C'est une description précise", dis-je en me penchant et en l'embrassant sur la joue. « Je vais retirer les caméras du hall, mais le système utilisé par votre bâtiment est loin d'être adéquat, et je n'ai aucun espoir. Il me faudra un certain temps pour récupérer la demande. Ils n'étaient pas très coopératifs lorsque je leur ai parlé auparavant. Ils ont dit qu'à moins qu'un rapport de police pour harcèlement n'ait été déposé, ils n'étaient pas obligés de nous dire de la merde.

"Oui, je ne suis vraiment pas une personne sociable, mais j'aurais dû faire de meilleures recherches sur les gars de la sécurité du bâtiment avant d'emménager. Certains d'entre eux vont bien, cependant."

"Je suis sûr qu'ils travailleront avec nous une fois que je leur montrerai les images de l'effraction, mais je ne suis pas sûr de la rapidité avec laquelle ils travailleront."

"Alors ça veut dire que tu as le temps de me donner un autre orgasme avant que nous ayons plus d'informations ?"

Je ne peux m'empêcher de lui sourire. Je regarde mon ordinateur et envoie la vidéo accompagnée d'un e-mail à mon équipe et à son immeuble pour demander des images du hall. Une fois que j'ai cliqué sur envoyer, je me tourne vers elle, la soulève et la ramène dans la chambre.

"Oui. C'est exactement ce que ça veut dire, cupcake. Plus d'orgasmes. Combien en voudrais-tu?"

En me penchant, j'enfouis mon visage dans son cou, respirant sa douce odeur alors que j'entre dans la chambre et me monte sur le lit avec elle dans mes bras.

"Tous. Et cette fois, je te veux en moi aussi. Je pense que ce serait magique.

J'éloigne mon visage de son cou et la regarde dans les yeux. "Dina," je murmure. Je ne sais pas quoi dire. Je la veux tellement et ma bite palpite. Mais j'ai peur que ce soit trop rapide, et que se passe-t-il lorsque j'obtiens ce que je veux et qu'elle essaie de me l'enlever ? La panique m'envahit et je m'accroche fermement à elle. Je ne peux pas la laisser me quitter.

«Je prends la pilule si tu as peur de me mettre enceinte. Cela aide à réguler mes règles. Et je suis vierge, donc je n'ai aucune maladie sexuellement transmissible. Est-ce que tu?" Elle dit tout si crûment.

"Non. Je suis propre. Cela fait vraiment très longtemps que je n'ai rien fait, et j'ai été testé depuis. Je m'inquiète juste... »

Je m'arrête, ne sachant pas quoi dire. Cette conversation est généralement l'inverse, n'est-ce pas ?

« Quoi, Jackson ? De quoi tu t'inquiètes?" Elle se tortille comme si elle essayait de se rapprocher de moi, mais nous sommes déjà collés l'un à l'autre.

Laissant échapper une profonde inspiration, je détourne le regard de Dina. "Je ne veux juste pas que tu m'utilises pour le sexe, d'accord ? Tu comptes pour moi, et j'ai peur qu'une fois que j'aurai cédé, tu ne veuilles plus de moi.

Comme elle ne répond pas, je la regarde dans les yeux et je continue. Cartes sur table, non ?

« J'ai été très timide avec les femmes toute ma vie et je ne sais jamais quoi dire, alors je ne dis rien. Je n'ai été qu'avec deux femmes, et c'était une fois à chaque fois. Je ne me souviens pas grand-chose d'eux. C'était juste un gâchis d'ivresse pour en finir. Je n'ai pas beaucoup d'expérience en la matière, mais j'aime que tu me dises ce que tu veux dire pour que je n'aie pas à deviner. Il n'y a pas de jeux et je sais où j'en suis avec toi. Alors s'il vous plaît, dites-moi, faute d'une meilleure question, vos intentions à mon égard sont-elles honorables ? Dois-je m'inquiéter que tu sois avec moi et que tu me surprennes furtivement au milieu de la nuit ? Allons-nous faire cela et déciderez-vous ensuite que vous ne voulez pas voir où cela mène ? Parce que pour l'instant, je vais te donner tous les orgasmes que tu as toujours voulu si tu penses que je suis ce que tu veux. Mais si vous voulez juste jouer et passer un bon moment, alors peut-être devrions-nous nous calmer un peu.

Je me sens exposé alors que je m'assois sur le lit, tenant Dina contre moi. C'est probablement la chose la plus stupide qu'un homme ait jamais faite : essayer de refuser le sexe pour une relation. Mais il y a quelque chose entre nous, quelque chose de vraiment spécial, et je ne veux pas le ternir en prenant à la légère ce que je ressens. Et je ne veux pas être utilisé comme une expérience parce qu'elle a enfin trouvé un homme qui l'attire. Je ne pourrai pas la laisser partir, mais j'essaie de garder mon cœur entier. En très peu de temps, elle est devenue importante pour moi, et l'idée de minimiser ce qui se passe entre nous avec une décision rapide me donne envie de prendre du recul et de vraiment découvrir ce qu'elle attend de tout cela.

Chapitre 9

Zoé

Je bouge pour grimper sur Jackson, et il me laisse facilement alors qu'il saisit fermement mes hanches pendant que je le chevauche. Posant mes mains sur sa poitrine ferme, je lui souris. Je n'ai pas l'habitude que quelqu'un me touche tout le temps, mais je n'arrive pas à en avoir assez qu'il le fasse. J'aime la façon dont ses doigts s'enroulent toujours autour de moi comme s'ils le faisaient depuis toujours. C'est quelque chose que je vais apprécier maintenant que je vais vivre avec lui.

«Je pensais que tu avais dit que nous étions petit-ami et petite-amie. Si cela ne vous plaît pas ou n'est pas assez solide, nous pouvons nous marier. C'est ce que font les gens. Droite?"

Je sens les mains sur mes hanches fléchir et ses yeux sombres s'écarquillent un peu. J'aime aussi qu'il semble perdu dans tout ça. J'étais sûr, avec la façon dont il m'avait pris dans ses bras et m'avait traité, qu'il avait été avec sa part de femmes. Savoir qu'il ne l'avait pas fait me réchauffe et fait voler des papillons au creux de mon ventre. C'est un sentiment qu'un homme ne m'a jamais procuré auparavant. J'aime tous les sentiments qu'il me procure et je veux les garder. La chose la plus logique à faire serait de se marier. C'est ce que font les gens lorsqu'ils veulent rester ensemble. Alors il serait à moi. Je me lèche les lèvres à l'idée qu'il n'est qu'à moi.

Quand il continue de me regarder, je commence à sentir mon cœur se serrer. C'était peut-être un peu trop loin pour lui. Elle me dirait que j'avance trop vite, comme je le fais pour la plupart des choses. Je ne comprends jamais pourquoi les gens se traînent les pieds avec les choses. Si vous voulez quelque chose, vous devez l'acquérir ou travailler pour l'obtenir. Je manque de finesse, on me le dit souvent, mais je vais après ce que je veux.

"Dina," dit-il finalement, sa voix douce, presque un murmure. Son corps se relâche sous moi, mais un martèlement lui coupe les mots, il me tire de ses genoux et se relève.

"Ne bouge pas." Il me lance un regard dur, un regard qui, j'en suis sûr, fonctionne sur beaucoup de gens, mais j'ai vu à quelle vitesse je peux faire passer ces yeux de durs à doux. Ils ne fonctionnent pas sur moi comme il l'espérait, j'en suis sûr. Il sort une arme à feu de sa table de nuit et mes yeux s'écarquillent sous le choc alors qu'il quitte la pièce.

Je débats de rester sur place, mais ce n'est pas vraiment un argument. Je me lève rapidement du lit et jette un coup d'œil par la porte. En entendant des voix, je me dirige lentement vers le couloir pour voir Elle debout dans l'entrée, Pink juste derrière elle, les mains posées sur ses hanches comme s'il essayait de la maintenir en place.

"Dina !" Elle se libère de Pink et court vers moi, m'enveloppant dans ses bras. « Mon Dieu, je suis si heureuse que tu aies accepté de faire ça. J'ai vu la vidéo. Et si tu avais été là ? Et si..."

Ses mots s'interrompent dans un sanglot et je la serre plus fort.

"Je vais bien. Vous n'avez pas à vous inquiéter. Je suis avec Jackson. Il me gardera en sécurité. Elle continue de pleurer et je lui murmure simplement des mots rassurants jusqu'à ce qu'elle se retire enfin, me regardant, les yeux tout rouges.

« Ne pleure pas. Tu sais que ça me dérange à l'intérieur," lui dis-je avant de la pousser, la faisant sourire puis renifler.

"Je reste ici avec toi." Elle s'essuie les yeux avant de ranger ses longs cheveux blonds derrière son oreille.

"Non", j'entends Pink dire alors que je lève les yeux pour le voir maintenant juste derrière elle, très près. J'avais perdu de vue lui et Jackson quand Elle m'a serré dans ses bras. Elle est peut-être mince, mais elle est grande, et Pink la domine toujours. Il a peut-être même un pouce sur Jackson, mais là où Pink est grand et mince, Jackson est large et solide.

Je retiens mon souffle, me mordant l'intérieur de la joue, me demandant ce qui va se passer. Les gens ne disent pas non à Elle. Eh bien, ils peuvent essayer, mais cela ne fonctionne jamais.

"Excusez-moi." Elle se retourne mais se heurte directement à lui. Je vais prendre du recul mais j'y trouve Jackson, et il m'attire contre lui, m'éloignant à la fois d'Elle et de Pink.

«N'essaye même pas, Prinzessin. J'ai six sœurs. Il la regarde avec un sourire narquois sur le visage, mais son visage s'adoucit et sa main sort comme s'il essayait d'essuyer une des larmes de ses yeux.

Elle repousse sa main et le sourire narquois revient sur son visage.

«Je ferai ce que je veux», répond-elle acerbe sur le ton qu'elle utilise lorsqu'elle est dans ses affaires, en mode pragmatique. Les larmes ont disparu et sa voix est claire comme une cloche.

"C'est vrai ?" Il fait un petit pas vers elle, se rapprochant de tout espace qui les sépare. Je n'arrive pas à détourner le regard. C'est comme lorsque vous jouez à un jeu vidéo et qu'un seul homme est encore debout et que le taux de mortalité est de 1 pour cent. Seulement, je ne sais pas qui est qui dans cette situation.

« Pourquoi es-tu toujours dans mon espace ? Ce n'est pas parce que tu me gardes que tu dois me déranger.

"Je ne peux pas me reprocher de vouloir y entrer, Prinzessin."

Elle retire son bras et je ferme les yeux, ne voulant pas voir la claque atterrir. Quand le son ne vient pas, j'ouvre un œil pour voir que Pink l'embrasse. Pas un doux baiser, mais un baiser complet que je ne suis pas sûr de devoir regarder. La main qu'elle lui avait tendue est désormais prise dans la sienne.

Comme si elle réalisait ce qu'elle fait, elle pousse sur sa poitrine et il recule facilement.

"Je ne peux pas te croire!" Elle se tourne vers moi, la bouche toute rouge. Ma main se porte à ma bouche et je me demande si je ressemble à ça aussi. Cette pensée fait revenir cette sensation de picotement. Puis ses yeux se tournent vers Jackson.

« C'est le genre de personnes que vous embauchez dans votre entreprise de sécurité ? » Elle crie à moitié après Jackson, et je peux dire qu'elle est troublée et ne sait pas quoi faire. C'est un regard que je n'ai jamais vu sur son visage auparavant. Pink se tient juste derrière elle et hausse les épaules comme s'il ne s'inquiétait pas de l'enfer qu'Elle est sur le point de libérer.

Il ne sait clairement pas à quel moment elle et moi sommes allés chez Ben et Jerry et ils ont manqué de glace au café. Elle a reçu de la glace gratuite deux fois par jour pendant un mois après cette scène.

"Ne parle pas à mon fiancé comme ça", je lui réponds, n'aimant pas qu'elle pense qu'il ne fait pas bien son travail. Je ne suis pas vraiment sûr de ce qu'implique son travail, mais il me garde très bien. Plus que bien.

La mâchoire d'Elle s'ouvre. Jackson passe un bras autour de ma taille, me tirant le dos contre sa poitrine. Je me détends dans son confort, sentant sa chaleur me réchauffer.

"Je dois arrêter de pleurer", dit Pink, le sourire narquois étant désormais un grand sourire.

Elle tourne la tête en arrière, probablement pour lui lancer un regard noir.

"Putain, tu as l'air bien énervé. Je n'arrive pas à m'en empêcher.

Elle se retourne vers moi et pousse un soupir, et pendant une brève seconde, je jure qu'un petit sourire apparaît sur sa bouche avant qu'elle recommence à me donner le troisième degré.

"Fiancé? Tu ne trouves pas que c'est un peu rapide, Dina ? Son ton me donne envie de battre en retraite parce que je le sais trop bien. C'est celui que j'obtiens lorsque je ne fais pas vraiment les choses correctement. Ou ce que les autres pensent est juste. Normale. Je sais qu'elle a de bonnes intentions, mais ça pique toujours. Jackson ne me fait pas ressentir ça. Il semble me comprendre. J'aime même les choses qui sortent de ma bouche. J'aime la rapidité avec laquelle j'ai l'impression de me précipiter dans certaines choses. Comme s'il lisait mes pensées, il confirme qu'il ne pense pas non plus que nous allions trop vite.

"Non", dit Jackson, me tenant toujours contre lui. Je me tourne un peu pour le regarder et je sais que je dois avoir un grand sourire sur le visage.

« Tu ne peux pas rester ici, Prinzessin. Le nouveau couple a besoin de passer du temps seul », dit Pink à Elle.

Je ne me retourne même pas pour les regarder. Je continue de chercher un Jackson qui a encore ce regard doux.

«Je t'ai dit de rester sur place», me murmure Jackson.

"Désolé. J'ai l'impression d'aimer te suivre partout, lui avoue-je, sans me soucier de savoir si tout le monde peut nous entendre.

"J'aime ça, cupcake, mais jusqu'à ce que je sache que tu es en sécurité, tu dois faire ce que je te dis, sinon je m'inquiéterai sans arrêt. Tu feras ça pour moi ?

"Oui", dis-je instantanément, voulant lui donner ce qu'il veut.

«Elle ne s'exécute jamais aussi facilement avec moi», j'entends Elle souffler.

"Rentre à la maison avec moi et j'obéirai à tout ce que tu veux."

"Vous êtes écœurant."

"Tu es encore mouillé de ce baiser?"

"Dina." Elle prononce mon nom, ignorant la question de Pink.

Je tourne la tête pour la regarder et je remarque qu'elle n'a pas fait un geste pour mettre de l'espace entre elle et Pink.

"Quoi?"

"Je veux rester avec toi."

Je secoue la tête. «Je veux être seul avec Jackson. Nous avons des projets. Des projets qui m'impliquent d'avoir beaucoup d'orgasmes.

"Ses plans devraient être de découvrir qui te traque." Elle piétine du pied, frustrée, et je ne peux m'empêcher de sourire. Bizarrement, j'aime la façon dont ce gars rose l'a énervée. Son calme et son sang-froid commencent à disparaître, remplacés par une Elle plus lâche et plus naturelle.

"Il est. Nous ferons juste cela entre les deux.

« Elle a raison, cupcake. Je dois vérifier auprès de la sécurité de votre immeuble et voir s'ils ont obtenu ces cassettes. Il se penche et dépose un baiser dans mon cou. Je me penche, lui donnant tout mon corps, mais il ne lèche pas comme je le voudrais et s'éloigne. « Tu veux être proche de Dina ? Restez avec Pink. Il habite un étage plus bas et le bâtiment est sécurisé. Vous serez tous les deux en sécurité ici.

"Bien."

Je plisse les yeux vers Elle. Elle a cédé un peu trop facilement.

« Appelez deux gardes. Je les veux à la porte pendant qu'on va vérifier la merde," dit Jackson à Pink avant de se tourner vers moi.

« Toi et ta sœur gardez vos petits culs plantés pendant notre absence. À mon retour, je te donnerai ce que tu veux.

Chapitre 10

Canard

J'entends Pink passer l'appel alors que je prends le visage de Dina dans mes mains et embrasse doucement ses lèvres. Elle s'ouvre pour moi et je glisse ma langue à l'intérieur. En goûtant sa douce chaleur, j'ai envie d'approfondir le baiser et de l'emmener au sol, mais j'entends un raclement de gorge et je me souviens que nous ne sommes pas seuls.

"Ils seront là dans trois minutes", dit Pink alors que je m'éloigne des lèvres de Dina.

Elle sourit si grand que je ne peux m'empêcher de faire de même. En me penchant, je lui donne un autre baiser rapide avant de me retourner, d'aller dans la chambre et d'enfiler des bottes. Une fois habillé, je retourne à la cuisine pour voir Dina et Elle assises au comptoir et Pink debout de l'autre côté, regardant directement Elle, lui faisant presque un trou.

"Tout va bien?" Il me regarde, sortant de sa transe, et s'éloigne du comptoir.

J'entends frapper et je regarde la caméra de sécurité à côté de la porte, voyant deux de nos hommes dehors.

Faisant un signe de tête à Pink, je me penche et embrasse Dina sur le front une dernière fois. Je n'arrive pas à garder mes mains loin d'elle, et même maintenant, savoir qu'elle ne sera pas à mes yeux me donne envie de me dépêcher et de revenir vers elle. C'est un sentiment auquel je ne suis pas habitué, ayant toujours aimé être seul.

Pink passe à côté de moi avec un air méchant sur le visage. Il se dirige vers l'endroit où Elle est assise, et avant qu'elle ne puisse protester, il la soulève de son tabouret, la penche dramatiquement en arrière comme dans un vieux film et dépose un baiser directement sur ses lèvres.

Je me mords la lèvre pour retenir mon rire et je regarde Dina qui fait de même.

Au bout d'un moment, il rompt le baiser, la repose sur le tabouret et s'éloigne.

"Connard", marmonne Elle en touchant ses lèvres, et ses joues deviennent rouge vif.

"Même si tu continues à mentionner ton cul, Prinzessin, je peux voir que cela va nécessiter une attention particulière en premier", dit Pink, sans se retourner alors qu'il sort.

Je regarde et vois la bouche d'Elle s'ouvrir et ses joues brûlent encore plus, alors je la laisse seule avec Dina qui rit dans l'appartement. Une fois dehors, je parle à mes gars postés dehors par précaution, puis Pink et moi nous dirigeons vers mon camion.

"Tu es sûr de vouloir continuer à creuser cette tombe ?" Je demande en regardant Pink monter dans le camion.

"Tant que je finis par être enterré en elle, tout va bien."

Il ne sourit pas en le disant. L'expression de son visage est sérieuse. Je secoue simplement la tête et démarre le camion, sortant du parking. Je ne pense pas avoir déjà vu Pink s'en prendre à une femme comme ça auparavant. C'est généralement lui qui les repousse. Quand je vais chez sa famille pour les vacances, les amis de ses sœurs l'assaillent et il essaie toujours, toujours de les esquiver. C'est nouveau de le voir en chasser un. Eh bien, peut-être que courir après n'est pas le bon mot. C'est plutôt comme s'il s'était planté lui-même.

« Alors tu es fiancé ? » Sa question ne contient aucune trace de moquerie. C'est une question honnête et je lui donne une réponse honnête.

"Oui."

Il n'y a pas une seconde d'hésitation dans ma réponse. Et pas la moindre trace de doute.

"Juste comme ça?" demande-t-il, et j'entends les autres questions qui accompagnent celle-là.

"Oui", je réponds, pas prêt à aborder le sujet avec lui. Il n'y a qu'une seule personne avec qui je veux en discuter et c'est Dina. Ce n'est l'affaire de personne d'autre que la sienne et la mienne. Elle m'a pris au dépourvu si facilement. Elle vient juste de se marier, et je ne vais pas regarder un cheval cadeau dans la bouche.

Je prends ce qu'elle me donne. C'était rapide ? Putain ouais, mais je m'en fiche. Nous aurons le reste de notre vie à nous plonger l'un dans l'autre, et je sais, putain, par instinct, qu'elle est censée être à moi. Et cet instinct m'a maintenu en vie et ne m'a pas encore trompé. Il y a juste quelque chose chez elle qui me correspond.

"Bien." Pink comprend l'allusion et j'entends un peu de compréhension dans sa voix alors qu'il sort son téléphone. « Alors, quelle est la prochaine étape ? »

«Nous retournons à son appartement et parlons au bureau de sécurité. Je ne voulais pas en parler devant eux, mais ma demande de copies numériques de leur flux de sécurité a été refusée.

"Pourquoi? N'avez-vous pas expliqué la situation ?

Je grogne un peu et je pense au mail que j'ai envoyé plus tôt pour le demander. L'e-mail que j'ai reçu en réponse était un non ferme. J'ai pensé qu'une visite personnelle pourrait aider à les convaincre.

Lorsque nous nous arrêtons devant le bâtiment de Dina, Pink et moi sautons du camion et entrons à l'intérieur. Le garde à qui j'ai parlé plus tôt dans la journée est parti et quelqu'un de nouveau est à sa place.

Le type assis derrière le comptoir se lève alors que nous approchons. Il a à peu près notre âge – fin de la vingtaine, début de la trentaine –, grand, avec des cheveux et des yeux noirs. Pas de tatouages ni de piercings. Son badge indique « Ben ». Je chronomètre tout ça avant de l'atteindre. En même temps, je vérifie les portes de sortie et les points d'accès autour de moi, les points d'entrée étaient quelqu'un pour me surprendre. Je ferai toujours ça quand j'entre dans une pièce. Vérifiez toujours mon environnement et assurez-vous que je sais exactement ce qui vient de quelle direction. Quand j'arrive au bureau, je vois Pink s'appuyer dessus et inspecter la pièce de la même manière que moi. Un produit d'années de formation.

"Salut. Je m'appelle Jackson Hart et voici mon partenaire, Daniel Pinkoski. Je fais un signe de tête en direction de Pink. L'agent de sécurité recule d'un pas, ses yeux se balançant entre nous. « Nous sommes ici avec Hart Security au sujet d'une perturbation dans l'une des maisons de votre immeuble. J'ai parlé avec Orlando ici à la réception plus tôt ce matin pour obtenir des images.

"Orlando n'est pas là", dit-il, confirmant ce que je sais déjà. Orlando n'entre pas avant quelques heures.

"C'est très bien. Je suis sûr que tu peux m'aider, Ben. Je peux vous dire que vous prenez votre travail au sérieux, et je suis également sûr que vous ne voudriez pas que Miss Dina Barber subisse un quelconque danger.

Il gonfle un peu sa poitrine, inversant sa retraite. Bingo. J'avais eu le sentiment que cette approche pourrait fonctionner après avoir lu le dossier que j'avais tiré sur lui. Ben ici présent a tenté d'entrer dans la police à deux reprises. Refusé deux fois, les deux fois pour une mauvaise blessure au genou.

Sur le papier, il ressemble à un type debout et aurait pu faire un bon flic.

"Orlando n'a rien dit à propos de votre passage." Il se penche, cliquant plusieurs fois sur son ordinateur comme s'il cherchait une note. Je suis sûr qu'Orlando ne lui a pas dit que nous passerions chez nous parce qu'il nous avait dit qu'il ne remettrait aucune cassette. Des conneries sur la protection de ses autres locataires. Que j'aurais besoin d'un mandat si je les voulais.

D'après l'apparence d'Orlando qui gère la merde ici, il s'en fout de la protection de ses locataires. Il est plus probable qu'il se couvre les fesses, car si ces cassettes étaient diffusées, elles montreraient qu'il a laissé entrer quelqu'un qu'il n'aurait pas dû, et ce seraient ses fesses en jeu.

« Je ne vois rien, mais je peux facilement vous procurer des cassettes si vous le souhaitez. Tout pour aider à assurer la sécurité de notre Dina. C'est une fille si gentille. Étrange mais doux.

Je sens la main de Pink descendre sur mon épaule juste avant que je puisse ouvrir la bouche.

« Ce serait très utile si cela ne vous dérange pas », dit-il en évoquant la date et les heures dont nous avons besoin. Il savait que j'étais sur le point de tomber sur Ben. Ce qui aurait tout foutu en l'air. Je prends une profonde inspiration et regarde Pink, qui me lance un regard qui, je le sais, signifie se ressaisir.

Dina est peut-être étrange, mais elle ne l'est pas autant que moi. Bon sang, ce qu'il trouve étrange chez elle, c'est ce dont je n'arrive pas à me lasser. Tout ce qui sort de sa bouche semble le faire pour moi. Comment quelqu'un ne l'a-t-il pas enlevée auparavant, je n'en ai aucune putain d'idée. Je dois croire ce qu'elle dit à propos du fait qu'elle n'a jamais eu de sentiments que pour moi, parce qu'elle est venue si fort. Si elle avait fait ça avec quelqu'un d'autre, je ne peux pas l'imaginer résister à lui mettre une bague au doigt.

"J'ai besoin d'une bague." Les mots sortent de ma bouche à la manière de Dina, ce qui fait que Pink secoue la tête. L'agent de sécurité continue de cliquer sur son clavier.

Une bague à son doigt, c'est vraiment sympa. Je l'imagine déjà passer ses mains sur tout mon corps pendant qu'elle le porte. Cette pensée donne vie à ma bite.

"C'est étrange", dit Ben, me tirant des pensées que je ne devrais pas avoir en ce moment. Je me perds une fois de plus dans le brouillard de Dina et je ne m'assure pas de bien faire, pour la garder en sécurité.

"Quoi?" Le mot sort un peu plus fort que je ne le pensais. Je suis toujours agité contre lui, même s'il m'obtient ce que je veux.

"Ils sont partis. Il n'y a rien ici. En fait, je n'arrive pas à trouver de cassettes avant mon quart de travail aujourd'hui. Il continue de cliquer comme s'il pourrait le trouver, mais je sais qu'il ne le fera pas.

«Je sens la merde», dis-je à Pink, qui se contente de hocher la tête.

Je me retourne et me dirige vers la porte, sans prendre la peine d'essayer d'obtenir plus de Ben. Il n'a rien. Je sors mon téléphone et appelle mon bureau.

« Hart Security », Sherrie, la plus jeune sœur de Pink, répond au téléphone.

«J'ai besoin d'une équipe à l'appartement de Dina. Je veux que les impressions soient faites.

"Sur la porte?" » questionne-t-elle et je l'entends taper sur son ordinateur.

"Partout."

Chapitre 11

«Je veux te dire que tu es fou, mais...» Elle hausse les épaules alors qu'elle glisse du tabouret de bar et se dirige vers la cafetière. "Mais j'aime la façon dont vous êtes ensemble. C'est différent."

Différent. Un mot que j'ai entendu toute ma vie.

"Je l'aime vraiment bien." Je joue avec les bords du papier posé sur le comptoir, ayant besoin de faire quelque chose avec mes mains. L'opinion de ma sœur compte beaucoup pour moi. Cela a toujours été elle et moi, et même si elle peut me rendre autoritaire avec moi, je sais que j'en ai besoin. Elle me ramène et me maintient sur la bonne voie. Si je ne l'avais pas, je vivrais probablement dans le chaos.

« Je n'ai jamais ressenti ça. Je n'arrive même pas à comprendre. Non pas que j'aie vraiment essayé. Mon esprit semble être uniquement concentré sur Jackson.

"Est-ce que ça te rend fou ?" Après avoir fouillé quelques armoires, elle trouve une tasse et se prépare une tasse. Elle ne m'en propose pas, sachant que je ne supporte pas ce truc, à moins que ce ne soit un de ces trucs raffinés chargés de crème fouettée et de chocolat. Elle boit juste le sien noir.

"Non."

"Eh bien, voilà." Elle sourit devant sa tasse de café avant de prendre une gorgée.

Curieusement, cela ne m'a pas rendu fou. J'aime que les choses aient une raison. Avec ça, j'ai juste l'impression d'essayer de l'arracher et de le garder sans me soucier de pourquoi. J'étais tellement heureuse quand il semblait être d'accord avec l'idée de se marier. J'ai eu peur quand il ne m'a pas répondu rapidement au début alors que nous étions allongés dans le lit avant qu'Elle et Pink n'arrivent.

Ou peut-être qu'il a juste dit ça pour ne pas m'embarrasser. Un peu de ce sentiment de naufrage revient.

"Il est beau. Comme ces gars durs et musclés dont les femmes sont toujours folles à la télévision.

"Et ?" Elle pose son café, pose ses coudes sur le comptoir et m'étudie comme si elle ne comprenait pas où je veux en venir.

Je hausse simplement les épaules. Je n'ai jamais vraiment pensé à quoi je ressemblais, même si j'avais une sœur qui était autrefois mannequin. Maintenant, je m'en soucie. Je veux que nous soyons en forme.

« Vous allez bien, Dina », dit-elle, comme si elle lisait dans mes pensées, quelque chose que je pense souvent qu'elle peut faire. « C'est pour ça que je ne me mêle pas entièrement de ça. J'aime comment il est avec toi. Comment tu es avec lui. Je ne t'ai jamais vu comme ça. Tu as l'air heureux."

"Je pensais que tous les gars étaient des connards têtus ?" Je lui rappelle les mots que je suis presque sûr de l'avoir entendu marmonner il y a moins d'une semaine.

"La plupart sont. Ils veulent juste dans ton pantalon.

"Je l'espère parce que je veux vraiment Jackson dans mon pantalon", dis-je rêveusement, et Elle crache une gorgée de café, me faisant sursauter.

Elle essuie ses dégâts et secoue la tête. "Je voulais dire que c'est tout ce que certains hommes veulent, et je ne peux pas croire que cela soit sorti de ta bouche. J'aime Jackson de plus en plus à la seconde près.

Je plisse les yeux, la faisant rire davantage.

« Calme-toi, Dina. Je ne le pensais pas comme ça. Cet homme n'a clairement d'yeux que pour vous. Fais-moi confiance. Je sais à la façon dont ses yeux te suivent qu'il n'arrive pas à te laisser hors de sa portée. C'est doux. De plus, je ne suis même pas sûre qu'il sache que j'ai un vagin.

"Pink sait que tu as un vagin."

Mes mots la font plisser les yeux sur moi maintenant. Je n'arrive toujours pas à croire tout ce qu'elle lui a laissé faire. Personne ne s'en prend mieux qu'Elle.

"Eh bien, il ne s'approche pas de mon vagin."

«Je ne sais pas comment tu fais. Je n'ai même pas eu de relations sexuelles et je pense que j'en suis déjà accro. Je ne suis pas sûr de ce qui se passera une fois que je l'aurai reçu. Je ne sais pas comment tu peux tenir si longtemps sans l'avoir fait auparavant. En fait, vous savez à quel point c'est bon. J'étais juste dans le noir, mais maintenant je sais que ça va être génial.

Elle finit de nettoyer en silence. Je sens la tension dans l'air monter un peu.

« Tu as eu des relations sexuelles, n'est-ce pas ? Je pensais juste... » Je m'arrête, essayant de repenser. Elle n'a jamais eu de petit ami sérieux, mais elle est déjà sortie avec quelqu'un. Ou utilisé à ce jour, en tout cas. Je ne lui ai jamais posé de questions sur le sexe parce que, eh bien, je n'y avais jamais vraiment pensé auparavant.

"Elle?" Je pousse.

"Non, je n'ai pas fait l'amour", claque-t-elle finalement. Je sens mes yeux s'écarquiller. D'accord alors. Je n'ai pas vu celui-là venir.

« Comme je l'ai dit, les hommes sont des connards qui ne veulent que ton pantalon, puis ils passent au suivant. Ils m'aiment seulement parce que je suis jolie et je veux dire qu'ils m'ont baisé. Ou alors ils pensent qu'ils peuvent m'acheter.

"Est-ce que Pink te fait ressentir ça aussi?" Je demande, me sentant soudain mal. Je n'y avais jamais pensé comme ça. Cela me rappelle un peu ce que Jackson a dit à propos de moi qui le voulais juste pour le sexe, ce qui n'est pas vrai.

«Il me frustre», grogne-t-elle. En fait, il grogne d'une voix que je ne l'ai jamais entendue utiliser auparavant. Cela me fait un peu rire. Ses yeux se tournent vers moi. C'est le regard qu'elle me lance quand je dis quelque chose que je ne devrais pas dire.

"Frustrée sexuellement?"

"Je vais te frapper."

"Quoi?" Je lève les mains et elle me jette la serviette qu'elle a utilisée pour nettoyer les dégâts. Je l'attrape en plein vol avant de le lui renvoyer.

"Je me demande simplement. Vous le laissez vous toucher et vous embrasser après lui avoir crié dessus. C'est confu." Je n'ai jamais vu un homme gérer Elle comme le fait Pink. C'est en fait vraiment intriguant. Il semble savoir comment la travailler. Même moi, je ne peux pas faire ça et je la connais depuis toujours.

Elle laisse échapper un profond soupir alors qu'elle retourne à son tabouret.

"Non, je n'ai pas l'impression qu'il veut juste dans mon pantalon. Normalement, quand vous appelez un gars, il passe à autre chose, mais on ne sait jamais. Je suis blasé. Il continue de se mettre dans mon espace et de m'embrasser comme s'il pouvait le faire quand il le voulait. C'est ennuyeux et... »

"Chaud", je termine pour elle, la faisant rouler des yeux, mais je vois le côté de sa bouche se redresser un peu, comme si elle se souvenait qu'il l'avait ennuyée.

«Je l'aime bien», admet-elle finalement. "Et je déteste le fait que je l'aime, et je déteste le fait qu'il semble savoir que je l'aime." Elle a l'air tellement frustrée de son propre aveu.

Je ris encore une fois devant le cercle dans lequel elle semble entrer.

« Vous devriez simplement céder et ne pas remettre en question, comme moi. Ma logique est indéniable », lui dis-je en lui donnant l'une de mes répliques de film préférées. Je l'utilise sur elle lorsqu'elle essaie de faire valoir un point contre moi. « Nous pourrions faire un double mariage ! »

Je saute de ma chaise comme si j'avais eu la meilleure idée de tous les temps. Parce que je l'ai fait.

"Je ne peux même pas avec toi", dit-elle, souriant enfin et riant.

"Hé, si tout ce qu'il veut, c'est ton pantalon, alors tu sauras où tu en es quand tu dis que tu te maries. C'est parfait." Je hoche la tête. Bon sang, je pourrais être doué pour toute cette histoire de relation après tout. Je pourrais Oprah faire ça et commencer à distribuer des mariages.

Je commence à sauter partout et à scander : « Vous avez un mariage. Vous obtenez un mariage. Elle rit juste plus fort.

Quand la porte s'ouvre, je me retourne pour voir que Jackson et Pink sont de retour.

« Nous allons tous nous marier ! » Je leur dis avant de me lancer sur Jackson.

Chapitre 12

Canard

Je tends la main et enveloppe Dina alors qu'elle saute dans mes bras. Je la serre contre moi, pressant mon nez contre son cou et inhalant son parfum. Elle est douce comme du chèvrefeuille frais, et ça me rend fou. Avoir son petit corps chaud enroulé autour du mien me donne l'impression d'être rentrée à la maison. Putain, je vais m'habituer à revenir à ça tous les jours.

Je me tourne vers Pink et lui fais un clin d'œil par-dessus l'épaule de Dina. "Je te laisse gérer celui-là." Je lui serre fort le cul alors que je me dirige vers la chambre. «À plus tard, les gars.»

Je ne me retourne pas pour les regarder partir. J'entends la porte d'entrée se fermer et la serrure s'enclencher au moment où j'entre dans la chambre principale.

"Avez-vous planifié notre mariage?" Je demande en embrassant le cou de Dina et en l'allongeant sur le lit. Je rampe sur elle, tirant sur son T-shirt alors qu'elle attrape le mien. J'enlève sa chemise et la regarde, voyant ses seins pleins déborder du haut de son soutien-gorge en coton blanc.

"Oui. Je pense que ce serait rentable si nous nous mariions tous en même temps, au même endroit. Ce serait amusant", dit-elle en passant ses mains sur ma poitrine nue.

Je sors la petite boîte de ma poche et la pose sur son ventre nu. Je la regarde dans les yeux et j'y vois de l'excitation alors qu'elle saisit la boîte et l'ouvre.

"Oh, c'est tellement scintillant!" s'exclame-t-elle en sortant la bague de la boîte. « Je ne porte jamais de bijoux, mais je les porterai tout le temps. C'est tellement mignon. Qu'est-ce que c'est?"

Je secoue la tête, pensant que c'est la proposition la plus folle de tous les temps, et je suis presque sûr qu'elle vient de décider que Pink se marierait aussi. «C'est une améthyste. C'est pour le mois où nous nous sommes rencontrés : février. Et aussi le mois de mon anniversaire.

"C'est ton anniversaire? Quand?" Elle me regarde avec enthousiasme et je ne peux m'empêcher de lui sourire en retour.

"C'est dans quelques semaines." Nerveusement, je prends la bague de ses mains et la glisse à son doigt. «Je voulais autant de moi que possible sur toi, et je pensais que c'était parfait. Je l'ai trouvé chez un antiquaire en revenant ici aujourd'hui. J'avais besoin que tu portes ma bague pour montrer au monde que tu es à moi.

Elle le regarde puis se retourne vers moi, souriant plus grand que je n'ai jamais vu. "C'est beau. Merci beaucoup, Jackson.

L'entendre prononcer ces mots libère tous les nerfs qui me restaient. Si elle n'aimait pas ça ou si elle ne voulait pas faire ça, elle me l'aurait dit. Je sais qu'elle me dira seulement la vérité sur ce qu'elle ressent.

En me penchant, je garde mes lèvres à un souffle des siennes et murmure les mots que je meurs d'envie de dire depuis le moment où j'ai posé les yeux sur elle.

"Je t'aime, Dina."

"Je t'aime aussi, Jackson."

Sentir les mots frapper mes lèvres en même temps qu'ils frappent mon cœur est dévorant. Je ne supporte même pas le millimètre de distance qui nous sépare, alors je connecte nos lèvres. Notre baiser est féroce et notre passion s'intensifie à mesure que la vérité entre nous s'installe.

La raison pour laquelle cela s'est produit si rapidement dépasse toute rime ou toute raison. Il est difficile de croire que cela était possible. Mais il est. Cela ne ressemble à rien de ce que j'ai jamais ressenti, et je veux m'y accrocher et ne jamais le lâcher. La vie est tellement courte et la fin du monde pourrait se produire demain. Tout dans mes bras pourrait disparaître et je ne veux pas qu'il reste des regrets sur la table. Je veux savoir que rien n'est caché à Dina et que rien n'est retenu.

Alors que nos langues se rencontrent et se goûtent et que Dina passe sa main dans mon dos, je sens la bande fraîche de la bague à son doigt contre ma peau. C'est un rappel qu'elle est à moi. Pour toujours.

Elle rompt notre baiser et se penche entre nous, défaisant mon jean et le poussant le long de mes hanches.

"Je veux du sexe maintenant, Jackson." Elle se lèche les lèvres et me sourit tandis que sa petite main pénètre dans mon jean et s'enroule autour de ma bite.

"Putain." J'enfouis mon visage contre son décolleté, essayant de ne pas jouir sur sa main au simple contact.

"On va se marier. Tu ne peux pas reculer", dit-elle en caressant ma bite de haut en bas.

"Facile, bébé." Je me penche, saisis doucement son poignet et l'enlève de ma bite. Je porte sa main à ma bouche et embrasse la paume. « Ça va être fini bien trop tôt si vous continuez comme ça. »

Avant qu'elle ne puisse protester davantage, je tends la main derrière elle et décroche son soutien-gorge, laissant ses gros seins déborder. Ma bouche va directement vers son mamelon tandis que ses doigts se posent sur mes cheveux, et un gémissement s'échappe de ses lèvres.

"Wow, ça fait du bien."

Je me penche entre nous et défais son jean, le poussant ainsi que sa culotte. Je laisse son mamelon sortir de ma bouche avec un pop alors que je descends son corps, la mettant nue et enlevant le reste de mes vêtements en même temps.

Quand je remonte sur son corps, j'écarte ses jambes et j'embrasse jusqu'à sa cuisse. "Juste un baiser avant, Dina", je murmure contre sa peau tendre alors que je pose ma bouche sur sa chatte et lui donne quelques coups de langue.

Je glisse mes doigts à l'intérieur de sa cuisse et jusqu'à son ouverture humide. J'en glisse un et je la sens se serrer contre moi. Elle est incroyablement serrée, et je sais qu'elle va me faire perdre la vie quand j'y mettrai ma bite.

Dina gémit à nouveau alors que je lui donne de longs coups de langue fermes, goûtant sa chatte et sentant où je suis sur le point de m'intégrer en elle. En glissant un autre doigt en elle, je les fais entrer et sortir, en essayant de l'étirer autant que possible. Je sens son hymen céder un peu alors que je me balance en elle avec mes doigts. Quand j'en amène un troisième à son ouverture, je retire ma bouche de son clitoris.

« Ça pourrait piquer un peu, cupcake. Mais je veux que tu sois prêt pour moi. Je lève les yeux et la vois hocher la tête alors qu'elle passe ses doigts dans mes cheveux.

Ses joues sont rouges, sa bouche en partie ouverte alors que des respirations rapides entrent et expirent. Elle est prête pour une sorte de libération, et j'espère la lui donner en même temps que la douleur surviendra afin que je puisse l'enlever.

Je baisse ma bouche jusqu'à son clitoris et je l'aspire dans ma bouche, en passant ma langue dessus. Son doux parfum de chèvrefeuille remplit mes poumons et je gémis autour de sa chatte en lui plongeant trois doigts épais.

Je l'entends crier à cause de son orgasme et de la morsure de douleur alors que je les fais doucement entrer et sortir de son corps. Sa chatte serrée se serre contre moi et je sens son hymen se briser lorsque son apogée la frappe.

Avoir la bouche pleine de sa chatte alors que les draps frais frottent contre ma bite, c'est presque trop. Il faut tout en moi pour m'empêcher de jouir partout pendant que je l'aide à surmonter son plaisir et donne à son corps le temps de s'adapter à l'invasion.

Je frotte son point G, ce qui fait durer son apogée plus longtemps pendant que je lui donne des coups de langue doux sur le clitoris. Après quelques minutes passées à aimer sa chatte, elle se détend sous moi et ses jambes s'ouvrent négligemment.

Je lève les yeux et vois un immense sourire sur son visage, et je ne peux m'empêcher de lui sourire en retour.

Elle soulève un peu ses hanches alors que je bouge à nouveau mes doigts. Je baisse les yeux et vois juste une petite trace de sa virginité dessus, et je suis submergé par l'envie d'y goûter. Je retire mes doigts de son corps et les mets dans ma bouche, les léchant proprement. Je peux goûter la teinte cuivrée, ainsi que la douceur de sa chatte, parfumée par l'orgasme qu'elle m'a procuré. J'ai l'impression que cet acte nous lie ensemble. Elle sera à moi pour toujours.

Après avoir retiré les doigts de ma bouche, je me penche et lui donne encore quelques coups de langue avant de remonter sur son corps. Je ne veux pas quitter son goût sucré, mais ma bite est un salaud gourmand et il veut y goûter aussi.

"Jackson", gémit Dina en m'attirant vers elle.

Ma bouche se dirige immédiatement vers son mamelon dur, en ayant besoin dans ma bouche alors que ma bite s'aligne à son ouverture.

« S'il te plaît, Jackson. J'ai besoin de plus."

Comme pour ponctuer sa déclaration, elle relève les hanches, laissant le bout de mon sexe plonger dans son humidité. En lui donnant ce qu'elle veut, j'avance au-delà de ses plis humides et laisse sa chatte me sucer dans son canal étroit.

Elle est tellement serrée et je mords un peu son mamelon pour m'empêcher de jouir. La distraction de plaire à son corps est suffisante pour m'éloigner du bord, et je m'enfonce complètement en elle alors qu'elle se serre autour de moi.

Éloignant ma bouche de sa poitrine, je lève les yeux dans ses yeux et commence à entrer et sortir d'elle par de longs mouvements.

"Je ne tiendrai pas longtemps", dis-je, essayant de ne pas jouir trop tôt.

«Je suis tellement excitée», dit-elle en me regardant avec de grands yeux brillants. "Est-ce que je sentirai le sperme entrer en moi?"

Ses mots me font presque perdre la tête et j'enfouis mon visage dans son cou. « Putain, Dina. Tu vas me faire jouir.

« Je me demande juste si je le ressentirai quand cela arrivera. Vais-je être vraiment rassasié ? Genre, y a-t-il de la place en moi pour ça ? Ta bite est énorme. Je ne sais pas non plus comment le sperme va s'adapter. Je devrais d'abord jouir sur ta bite pour voir ce que ça fait. Jouir sur tes doigts était spectaculaire.

Je souris contre son cou et je fais entrer et sortir d'elle. Quand je passe la main entre nous et que je frotte son clitoris, elle gémit à mon oreille.

« Ah, c'est ça. Oui, je suis là.

Je mords doucement son épaule alors qu'elle se serre autour de moi. Je sens ses ongles me gratter le dos alors qu'elle se tend et laisse échapper son orgasme. Mon nom quitte ses lèvres et c'est alors que je ne peux plus me retenir.

Le son de son éjaculation, combiné au fait qu'elle prononce mon nom, est tout ce que je peux supporter, et je l'enfonce une dernière fois, la remplissant de chaque goutte de moi.

Je grogne contre son corps alors que vague après vague de plaisir monte dans ma colonne vertébrale, à travers mes couilles. C'est l'orgasme le plus intense de ma vie, et je m'effondre presque sur Dina alors que j'arrive à la fin.

M'appuyant sur mes coudes, je reste enfoui en elle pendant que je reprends mon souffle.

"Ouah. J'ai totalement ressenti ça », dit-elle en m'embrassant dans le cou. "Oh."

Le son drôle me fait me pencher pour la regarder.

«Je le sens couler dans mon cul. Est-ce normal? Tu as dû jouir beaucoup. Dois-je nettoyer ? J'aime bien que tu sois en moi comme ça. Est-ce bizarre?"

Je souris en nous retournant, gardant ma bite en elle. Putain, j'adore les choses qui sortent de sa bouche. Aucune gêne. Juste elle. Une fois qu'elle est installée sur moi, je tiens ses hanches et je m'enfonce en elle.

« Je ne sais pas ce qui est normal et si tout le monde aime ce que nous aimons. Mais je sais qu'il n'y a rien chez toi que je ne veux pas goûter ou aimer. Et t'entendre dire que tu m'aimes à l'intérieur de toi me donne envie de te baiser encore une fois.

Elle me sourit comme si je venais de refaire son monde, et elle commence à monter et descendre sur ma bite.

« Bien, parce que je veux refaire ça, et cette fois avec plus de postes. Je suis assez flexible. Elle se penche un peu en avant. «J'ai cherché des trucs sur Google», dit-elle sérieusement.

Mon sourire se transforme en gémissement alors qu'elle se penche un peu en arrière et m'emmène plus profondément en elle. Si le monde finit maintenant, je mourrai en homme heureux.

Chapitre 13

Zoé

"N'y pense même pas, cupcake", dit Jackson alors que je le regarde par-dessus le bar du petit-déjeuner pendant qu'il nettoie après notre déjeuner tardif.

Un autre coup retentit à la porte et je fais mon pas, me précipitant aussi vite que possible. Je fais seulement quatre pas avant qu'il me prenne dans ses bras, me jetant par-dessus son épaule pendant que je couine. Au cours des dernières semaines, j'ai remarqué que j'aime le faire me poursuivre. Il y a quelque chose dans le frisson. Je n'arrive pas à m'arrêter, et j'ai su dès l'instant où j'ai entendu frapper à la porte d'entrée que c'était une autre chance de frapper.

Je n'ai pas le droit d'ouvrir la porte. Bon sang, je n'ai même pas quitté cet endroit depuis plus de deux semaines. Tenu dans un brouillard sexuel de Jackson. Ce n'est que récemment que j'ai réalisé à quel point j'étais perdu en lui. Je n'étais pas en train de terminer un projet en cours sur lequel je travaillais et Elle ne cessait de me le rappeler quotidiennement. Probablement parce qu'Ensore, la société avec laquelle nous avions un contrat en ce moment, lui en voulait et l'incitait à me harceler.

Jackson me frappe le cul, me faisant bouger et rire.

«Je ne sais même pas pourquoi tu essaies. Je t'attraperai toujours.

Il se retourne un peu pour ne pas me cogner contre la porte pendant qu'il vérifie le judas. Il doit s'agir de quelqu'un de l'intérieur du bâtiment, sinon un appel aurait retenti. Les seuls visiteurs que nous recevons sont Pink et Elle. Si je devais deviner, c'est Elle, et cela signifie que Pink n'est pas loin derrière. Il apparaît en quelque sorte quand elle est là, s'assurant d'être toujours dans son espace. Elle s'en prend à lui, puis ils s'y attaquent, et cela se termine toujours par Pink qui la porte hors de l'appartement, ma sœur enroulée autour de lui. Je n'ai aucune idée de la façon dont Pink peut marcher et s'embrasser en même temps, mais il semble que cela soit un art.

"Elle", dit Jackson en me faisant glisser le long de son grand corps jusqu'à ce que mes pieds nus touchent le sol. Même sachant que c'est ma sœur, il bloque toujours la porte avec son corps alors qu'il la laisse entrer, sans même me laisser voir le couloir, un exploit facile avec son corps de la taille d'un Hulk.

Elle entre, n'attendant pas d'être invitée.

« Vous avez tout fait ? » » souffle-t-elle et je la regarde simplement. Elle n'a pas l'air normale. En fait, on dirait que je m'occupe d'elle après une longue nuit avec Jackson. Ses cheveux blonds sont en désordre, sa chemise normalement parfaitement repassée semble avoir été ramassée sur le sol et simplement enfilée.

"Tu as dit que je l'aurais maintenant", poursuit-elle. Je sais qu'elle est frustrée contre moi. Je n'arrête pas de lui dire que j'ai presque fini, mais je me laisse ensuite distraire. Elle ne veut pas que nous ayons l'air floconneux.

« C'est la faute de Jackson. Je lui ai dit que je devais travailler et qu'il ne me laissait pas quitter le lit. J'étire la vérité et le pousse vers elle, mais il ne bouge pas. Putain de rocher en béton.

"Ouais, parce que je vais t'arracher ton joli cul quand tu t'enrouleras autour de moi."

Je l'ai totalement fait ce matin. Normalement, Jackson se révcille avant moi pour aller s'entraîner, mais ce matin, je me suis réveillé avant lui. Inutile de dire qu'il n'est pas allé à la salle de sport ce matin. Je n'ai pas non plus terminé mon codage pour le nouveau système d'Ensore.

"Mon Dieu, si je n'aimais pas le regard que tu as mis sur le visage de ma sœur, je voudrais vous frapper tous les deux pour être si adorables."

"C'est toi qui parles", je lui réponds.

"Hé, je l'utilise juste pour le sexe."

"Je le savais! Tu l'as fait!" Je la pointe du doigt. Elle ne m'a rien dit sur ce qui se passe entre elle et Pink, à l'exception des séances de baisers que j'ai vues, mais je ne l'ai pas vue beaucoup ces deux dernières semaines. Je tourne mon index vers Jackson. "Le double mariage est de retour."

Jackson attrape mon doigt avant d'en mordre le bout, puis de l'embrasser. "Tu veux ton double mariage, je ferai en sorte que tu l'obtiennes, cupcake."

"Jackson dit que je peux avoir tout ce que je veux", je confirme à Elle.

"Est-ce ainsi?" Elle croise les bras et me regarde avec une expression dubitative.

J'acquiesce simplement parce que c'est vrai. Il n'y a pas une chose que j'ai demandée que je n'ai pas obtenue. Mais tout ce que je demande, ce sont des orgasmes et de la nourriture. Oh, et tous les X-Files sur Blu-ray.

« Pouvez-vous faire en sorte que Pink arrête de me suivre ? » Elle lève un sourcil, sachant que Jackson pourrait peut-être obliger Pink à la laisser tranquille. Il est le patron de Pink, mais je ne pense pas que Jackson lui dirait de la laisser tranquille fonctionnerait.

"Veto!" Je crie avant de me pencher vers Jackson. « Je peux opposer mon veto à des choses, n'est-ce pas ? »

"Ouais, cupcake, tu peux mettre ton veto à des trucs."

"Voir?" J'acquiesce à nouveau, confirmant que j'obtiens ce que je veux. Je pense que je pique plus Elle qu'autre chose parce qu'avant Jackson, elle aurait dit : « Pourquoi as-tu besoin de The X-Files sur Blu-ray ? Ils sont tous sur Netflix.

« Code, Dina. Je ne plaisante plus. Nous avons signé un contrat.

"OK OK. Je peux tout boucler en quelques heures. Tout est fait. Je veux juste faire quelques tests supplémentaires dessus.

"Merci."

« Quand j'aurai fini, veux-tu commencer à planifier notre double mariage ? J'ai trouvé ces éléments de tableau sur lesquels vous épinglez des éléments en ligne appelés Pinterest. WeddingMama1245 m'a indiqué tous les bons endroits pour trouver des trucs à épingler.

"MariageMama1245?" » dit Elle en riant.

« Ce n'est pas une blague. Ne vous laissez pas tromper par le nom, dis-je. J'ai seulement essayé d'interroger WeddingMama1245 sur quelque chose l'autre jour et elle m'a dit qu'elle n'allait plus me donner de liens. J'ai pensé à la pirater et à voir ce qu'elle regardait, mais j'ai juste dit pardon à la place. Je ne voulais pas perdre ma connexion WeddingMama1245.

"Je n'en avais pas fini avec toi." J'entends un grognement et me retourne pour voir Pink debout dans l'embrasure de la porte, vêtue seulement d'un short. On dirait qu'il vient de sortir de la douche.

« Tu es vraiment un homme des cavernes. Vous ne me renvoyez pas », rétorque Elle.

"Je te montrerai l'homme des cavernes quand j'aurai planté ce bébé en toi."

"Je ne peux pas croire que tu viens de dire ça." Les mots d'Elle sortent tout haletant. De la même manière que les miens lorsque Jackson me lance ses yeux prédateurs qui, je le sais, vont me mettre à plat ventre dans environ deux secondes.

"Tu as raison. Il est peut-être déjà là. Pink sourit à cette déclaration, semblant aimer l'idée. Beaucoup. Puis il l'attrape. Elle n'essaye même pas de l'esquiver. Elle le laisse simplement la prendre et lève les yeux au ciel pendant qu'il la porte.

Jackson ferme la porte derrière eux, la verrouillant.

"Le rose est toujours comme ça ?" Je demande, m'interrogeant sur ce qu'il vient de dire. Ce qui implique qu'il essayait de mettre ma sœur enceinte.

"Putain non." Jackson montre la porte. « Ça, je n'en ai jamais vu auparavant. Il a fini.

"Comment savez-vous?" Je pousse, voulant avoir la confirmation que Pink est bon pour ma sœur.

"Je connais le look, cupcake. Je le vois à chaque fois que je me regarde dans le miroir. Il est amoureux d'elle et il veille à ce qu'elle ne puisse jamais le quitter.

J'enroule mes bras autour de lui et le serre fort dans mes bras.

"Tu commences ça et ta sœur sera de retour ici dans quelques heures pour te demander si tu as fini tes affaires."

Je me penche en arrière et le regarde.

"Bien bien bien. Je vais le faire. Mais quand j'ai fini, tu es à moi pour la nuit.

"Je suis toujours à toi, cupcake." Il m'embrasse sur le nez. «Va chercher tes affaires et retrouve-moi au bureau. Nous allons tous les deux faire du travail. J'ai certaines choses que je dois revoir.

J'acquiesce simplement et m'éloigne. Je ne demande pas ce qu'il doit examiner. S'il ne me le dit pas, c'est surtout mon cas. J'aimerais que nous puissions déjà trouver ce stupide harceleur. Je sais que ça le rend fou et le rend nerveux. Pour couronner le tout, je commence à avoir la fièvre de la cabine. Je ne savais même pas que c'était possible parce que j'adore rester à la maison, mais deux semaines sans sortir commencent à me peser. Je ne demande même pas à Jackson s'il veut bien m'emmener parce qu'il le ferait, mais je sais que cela le stresserait et gâcherait le voyage.

Je vais dans notre chambre et prends mon ordinateur portable et quelques dossiers avant de retourner à son bureau. Jackson est assis dans son grand fauteuil et s'occupe de la paperasse. Il lève les yeux. « Asseyez-vous où vous voulez, cupcake », dit-il avant de retourner à ses papiers.

Je me dirige vers lui, me rampe sur ses genoux et ouvre mon ordinateur portable. Je pousse quelques-uns de ses papiers sur le côté avant de les poser sur le bureau devant moi.

"Confortable ?" il rit.

"Vous avez dit n'importe où, et cela m'a semblé être le meilleur endroit."

Il enroule un bras autour de ma taille, me tirant un peu en arrière et ajustant légèrement ma position.

"C'est ce que j'ai fait." Il prend un autre papier de sa main libre et nous nous remettons tous les deux au travail.

Chapitre 14

Canard

Alors que le soleil se couche et que Dina termine son codage, elle ferme son ordinateur portable avec un soupir de satisfaction. J'ai terminé mon travail il y a peu, mais j'ai juste gardé mes bras autour d'elle pendant qu'elle travaillait. Elle était tellement absorbée par son projet que je ne voulais pas la déranger et je sais qu'elle avait besoin de travailler.

"Tout fini?" Je demande en me penchant et en l'embrassant dans le cou. Sa douce odeur de chèvrefeuille remplit mes poumons et je ferme les yeux en appuyant mon nez contre sa peau douce.

« Tout est fini », confirme-t-elle.

Avant qu'elle puisse dire quoi que ce soit d'autre, je la soulève et la porte hors du bureau.

"Des orgasmes?" » demande-t-elle vivement sur le chemin de la chambre, et je lui souris en retour, sachant qu'elle allait demander ça.

"Orgasmes", je réponds, lui donnant toujours ce qu'elle veut.

En l'allongeant sur le lit, j'enlève son haut ample et ses leggings. Elle est complètement nue en dessous et il ne me faut qu'une seconde pour enlever mon T-shirt et mon short. Pouvoir paresser dans la maison toute la journée avec Dina, même en travaillant, a été merveilleux. Pouvoir glisser ma main sous sa chemise à chaque fois que je veux avoir une poignée de ses seins, c'est le paradis.

Une fois que je nous ai déshabillés, je me penche et embrasse son ventre et ses hanches. Ses jambes s'ouvrent et elle met ses mains derrière sa tête, attendant juste que je lui fasse plaisir. Souriant contre sa peau, je fais ce qu'elle veut, embrassant son ventre doux et ses hanches courbées.

En descendant jusqu'à ses cuisses, j'attrape la chair épaisse et y enfonce mes doigts. Les petites fossettes sur le dos de ses jambes sont adorables, et je descends pour la mordre là.

Elle rit tandis que je passe ma langue le long de ses jambes, sans laisser un centimètre intact.

"Je t'aime, Dina", je murmure à son mollet en le jetant par-dessus mon épaule et en l'embrassant là-bas.

N'attendant pas sa réponse, j'appuie ma bite contre son ouverture et je l'enfonce jusqu'au fond d'elle. Je me frotte contre elle, frottant son clitoris, et elle laisse échapper un long gémissement de plaisir.

Elle est sur le dos avec une jambe sur le lit et une sur mon épaule. Je me tiens en elle, me frottant simplement à son clitoris pendant que ma bite palpite en elle.

"Je t'aime aussi, Jackson," souffle-t-elle en serrant les draps à côté d'elle.

L'expression de plaisir détendu sur son visage a disparu depuis longtemps. Maintenant, elle est tendue par le besoin et se rapproche du bord.

Je me penche un peu en avant, exerçant plus de pression sur son clitoris et l'ouvrant davantage, sa jambe toujours drapée sur mon épaule.

Alors que je frotte la base de ma bite contre son clitoris, elle miaule de désir, se dirigeant vers son apogée. Ma bite est pressée par les douces impulsions de sa chatte, et c'est tout ce que je peux faire pour retenir mon sperme. J'ai besoin qu'elle parte en premier, et ensuite je la suivrai.

Je bouge mes hanches contre elle, sans me retirer ni m'éloigner. Juste d'avant en arrière, frottant son bouton dur par impulsions parfaites.

"C'est ça. Jouis pour moi, cupcake. Jouis sur ma bite en étant allongé, juste comme ça. Sa chatte se serre et je sens que son apogée est proche. "Ça y est, presque là." Je pulse ma bite en elle, lui permettant de sentir à quel point je suis dur tout en me frottant d'avant en arrière encore quelques fois.

"Tellement belle", je murmure alors qu'elle atteint son apogée et que son dos s'incline hors du lit. Son orgasme prend le dessus et elle jouit fort sur ma bite. Sa chatte se serre contre moi et je la suis, déversant ma semence au plus profond d'elle alors que nous trouvons tous les deux nos sommets de plaisir.

Je descends doucement sa jambe de mon épaule et m'allonge sur son corps. C'est alors que je commence à entrer et sortir paresseusement d'elle, sentant l'humidité de notre passion combinée se répandre entre nous.

Nous sommes tous les deux venus du simple fait d'être en elle. Nos rapports sexuels lents et faciles établissent un rythme parfait, et ils sont bienvenus après nos orgasmes durs. Aucun de nous n'est pressé de terminer la nuit maintenant. Ce n'est que le début.

* * *

Je regarde les cicatrices couvrant différentes parties de ma peau, mes bras tatoués enroulés autour d'elle tandis que son corps impeccable repose sur moi. Nous sommes si différents quand je pose ma peau contre la sienne, mais nous ne pourrions pas mieux nous entendre. Si tu m'avais dit il y a un mois que je serais à ce point enveloppé dans une femme, que je ne pensais pas pouvoir respirer sans elle, j'aurais ri.

Les filles douces et douces comme Dina ne m'ont jamais dragué. C'étaient toujours ceux qui avaient l'air un peu rudes sur les bords. Peut-être qu'ils pensaient que je ferais un peu de mal avec ce qu'ils voulaient. Avoir quelqu'un comme Dina enroulé autour de moi, c'est comme rentrer à la maison tous les matins. Se réveiller et la trouver pressée contre moi comme une seconde peau est un bonheur.

J'adore ça. Je ne pense pas que je pourrais un jour m'en passer maintenant que j'ai goûté à elle. Avoir ma propre petite famille et appartenir à quelqu'un. C'est pourquoi je dois m'occuper de cette merde de harceleur. D'autres e-mails sont arrivés, mais Dina n'en est pas au courant. Sa sœur est encore plus paniquée et je ne lui en veux pas à cause de la vitesse à laquelle le harceleur accélère. Elle m'appelle environ trois fois par jour. Heureusement, nous sommes sur la même longueur d'onde et nous ne voulons pas stresser Dina, alors nous la laissons dans le noir. En fait, je pense qu'elle pense que la menace a disparu parce que je n'en parle pas. Je ne veux pas en parler parce que je ne veux pas que cette merde la touche. Je remercie putain que Pink ait semblé être capable de calmer Elle à propos de tout cela. Les emails ont commencé à atteindre un niveau sexuel extrême qui me donne envie de peindre les murs avec le sang de qui que ce soit. Il semble paniquer à l'idée de ne plus pouvoir avoir les yeux sur Dina maintenant qu'elle est enfermée en sécurité dans notre maison. Il a même commencé à me mentionner dans ses petites notes d'amour foutues. Il devient négligent, ce qui est une bonne nouvelle pour moi. Sloppy se fait prendre. Je ne veux tout simplement pas que cette saleté touche ma copine.

Elle est si douce et douce et empreinte d'une innocence que je ne veux pas qu'elle perde. Je serai dur avec elle et douce. Si quelque chose doit nous frapper, cela m'atteindra seul. Je veux être son bouclier.

Je sais que cette merde a quelque chose à voir avec son travail, et l'obsession du harceleur pour elle a commencé à se transformer en un foutu béguin ou une adoration pour elle. Je ne peux pas reprocher à ce gars de la vouloir, mais elle est à moi et rien ne me l'enlèvera. Je veux que cette merde soit écrasée. Je savais que je ne pouvais la garder enfermée dans cet appartement que très longtemps, et les jours passent. Heureusement, sa sœur est proche et cela l'aide à garder son joli cul planté à la maison.

Lentement, je me détache de son corps, me glisse sous elle et me retire du lit. En me penchant, je l'embrasse à dos nu avant d'écarter les cheveux de son visage. Je ne peux m'empêcher de la regarder. Je n'arrête pas de penser que ce besoin motrice de la toucher et d'être proche d'elle va s'estomper, mais ce n'est pas le cas. En fait, je pense que la situation empire.

Je secoue la tête face à tous ces sentiments maussades que je semble ressentir tout le temps ces jours-ci. Je me dirige vers la salle de bain, m'arrêtant pour ramasser les vêtements jonchés et les objets que Dina semble jeter au hasard. C'est autre chose que j'aime curieusement. Ça me plaît de voir sa merde partout, et ça me plaît encore plus de la remettre à sa place parce que ça veut dire qu'elle vit ici. Ses affaires appartiennent aux miennes.

Faisant un travail rapide dans la salle de bain, j'enfile des vêtements de sport avant de me diriger vers la cuisine. J'attrape une banane et j'envoie un message à un de mes hommes pour qu'il vienne se tenir à la porte pendant que je vais courir. J'écris à Dina un petit mot pour qu'elle se rende au bureau que nous avons dans le bâtiment, même si je serai probablement de retour avant qu'elle ne se réveille. En sortant, je me retrouve face à face avec Pink.

« J'ai une piste que vous voudrez voir. » Il brandit un dossier et je le lui arrache.

Je l'ouvre et lis le nom d'une entreprise dont je n'ai jamais entendu parler auparavant : Green Shore. "Qui est-ce ? Ce nom n'est apparu dans rien.

L'une des premières choses que nous avons faites lorsque nous avons accepté ce poste a été de rechercher toute personne susceptible de rechercher l'entreprise pour laquelle elle travaille actuellement comme consultante. Cette société n'est pas en concurrence avec Ensore.

"Tout neuf. Ils s'en prennent à un contrat gouvernemental qu'Ensore a réservé. Ce n'est pas vraiment une compétition pour eux. À moins qu'ils ne foutent en l'air quelque chose.

Je feuillette le dossier avant de me diriger vers l'ascenseur. Rose me suit. J'appuie sur le bouton de l'étage inférieur et je continue à tout lire.

« Elle est la cible la plus facile. C'est comme ça que je le vois. Elle est la plus facile d'accès. Elle est en train de créer le logiciel de cryptage pour une nouvelle série de satellites qui seront lancés au milieu de l'été. Si le cryptage est erroné, Ensore ne pourra en aucun cas obtenir le projet. Ils seraient fichus », dit Pink.

Je ferme le dossier lorsque l'ascenseur arrive au rez-de-chaussée, essayant de tout traiter.

« Et je suis sûr que Green Shore a déjà mis en place son propre système. Ils le présenteront quand Ensore échouera, dis-je en regardant Pink.

« D'après ce que j'ai compris, oui. Tout ce dont ils ont besoin, c'est d'une invitation à le présenter.

« Alors, à quoi pensons-nous ici ? Green Shore a engagé quelqu'un pour s'introduire chez Dina et mettre la main sur tout ce qu'elle fait ? Soit tout foutre en l'air, soit trouver un moyen de tout foutre en l'air plus tard ?

« En termes simples, oui. Je ne comprends pas la moitié de la merde.

"Moi non plus", dis-je en parcourant le couloir avant d'ouvrir la porte de nos bureaux. Je suis reconnaissant d'avoir choisi de transformer l'un des condos de l'immeuble en bureaux. Désormais, je serais toujours près de chez moi, là où se trouverait Dina puisqu'elle travaillait principalement à domicile. Ou peut-être que je pourrais lui installer un bureau dans mon bureau ici pour elle. J'ai vraiment aimé cette idée. J'avais regardé Dina travailler la nuit dernière et je ne comprenais rien de ce qu'elle faisait. Tout ce que j'ai vu, c'étaient des lignes et des lignes de chiffres, mais elle pouvait facilement le faire ici, dans mon bureau. Notre bureau.

Sherrie surgit de derrière son bureau alors que nous entrons dans les bureaux.

"J'ai besoin d'une liste de tous les employés d'une entreprise appelée Green Shore." Je lui tends le dossier. «Je veux aussi une liste des membres de leur famille et de leurs amis proches. Examinez attentivement toute personne ayant un passé criminel, aussi petit soit-il. Je veux même savoir s'ils ont scellé des dossiers datant de leur enfance morveuse, et je veux que ces dossiers soient descellés. Appelez des faveurs, je m'en fous.

"À quelle vitesse tu le veux?" demande-t-elle en laissant tomber le dossier sur son bureau et en s'asseyant.

"Appelez quelques-unes de vos sœurs pour vous aider et faites appel à l'un des hommes si vous avez besoin de travailler vos jambes." J'entends Pink soupirer derrière moi. Il déteste quand ses sœurs viennent l'aider. Ils parlent peut-être beaucoup quand ils sont ici, mais ils font de la merde. Personne n'effectue plusieurs tâches comme une femme.

"Alors hier."

"Ouais", je confirme parce que celui qu'ils ont embauché pour obtenir ce qu'ils voulaient de Dina a perdu le contrôle de cette personne. Les choses seront forcément bâclées, et il sera beaucoup plus facile de déterminer de qui il s'agit.

Chapitre 15

Zoé

J'ouvre un œil pour voir Elle allongée dans le lit avec moi.

"Tu es nu", dit-elle, et j'enfouis ma tête dans mon oreiller, sentant le lit trembler tandis qu'elle rit.

"Que fais-tu?" Je demande, tirant complètement les couvertures sur moi tout en roulant sur le côté pour la regarder. Elle est entièrement maquillée avec une jupe crayon grise et un chemisier en soie rose. Elle est maquillée et coiffée. Je suis surpris qu'elle ne s'inquiète pas de froisser sa tenue. Elle doit avoir une réunion ou quelque chose comme ça aujourd'hui.

« Comment cet endroit est-il si propre avec toi qui y vis ? » Elle se tourne également sur le côté, me regarde et ignore ma question.

"Est-ce que c'est?" Je me penche et regarde autour de moi. Je ne l'avais pas vraiment remarqué, mais c'est étrangement propre pour un espace dans lequel je vis.

« Il nettoie aussi ? Vous avez décroché le jackpot de l'homme. Elle tend la main et remet mes cheveux derrière mon oreille.

« Il est vraiment parfait, n'est-ce pas ? Je ne peux m'empêcher d'être d'accord avec elle. Parce que Jackson est parfait. Parfait pour moi. C'est comme si nous étions faits l'un pour l'autre, et il aime toutes mes petites bizarreries. En fait, ils semblent l'exciter.

"Ils sont quelque chose", acquiesce-t-elle en se laissant tomber sur le lit et en levant les yeux vers le plafond. Elle admet enfin ses sentiments pour Pink.

"Alors tu l'admets." Je lui souris, la faisant rouler des yeux, mais je vois à travers elle. « Pourquoi le niez-vous autant ? Je ne comprends pas. Je voulais Jackson et j'y suis allé. Cela me semble logique.

« Parce que je n'en voulais pas au début. L'attraction a été rapide et je n'avais jamais ressenti quelque chose de pareil auparavant. J'ai été brûlé plusieurs fois avec des gars qui n'avaient pas de bonnes intentions.

Je savais qu'elle l'avait été. C'est pourquoi elle a même arrêté d'essayer avec les gars. Elle a toujours voulu une grande famille avec une clôture blanche et une maison pleine de bébés. Une famille nombreuse. C'est quelque chose que Pink pourrait lui donner si elle le laissait faire. Il a de la famille qui vient de partout.

«Mais j'aime qu'il me taquine. Je sais que je peux être un peu exagéré avec la façon dont j'aime que les choses soient faites et que tout soit en ordre. Au départ, je pensais que personnellement, je le chasserais, mais il me roule un peu dessus, et j'aime ça quand il le fait. Est-ce stupide ? Elle passe un bras devant ses yeux. « Grr. Je ne sais pas."

Juste je rigole. Je n'ai jamais vu Elle aussi mal en point auparavant. J'aime ça aussi.

« Je ne pense pas vraiment que ce que vous faites ait de l'importance à ce stade. Je suis presque sûr qu'il a répété à maintes reprises que tu es à lui et que tu n'iras nulle part. Tellement... » Je hausse les épaules.

Elle sourit juste.

"Je n'aurais jamais pensé voir le jour où nous tomberions amoureux de quelques amis."

«Double mariage», je répète. Je veux lui poser des questions sur le commentaire de Pink à propos de sa mise en cloque, mais je ne veux pas insister.

Elle sort du lit et passe ses mains sur ses vêtements.

« Vous devez remettre personnellement le colis à Ensore. Ils veulent que cela passe directement de vos mains aux leurs.

J'ai poussé un soupir. J'ai pensé que c'était probablement le cas, surtout que personne n'est venu le chercher hier.

« Je leur donne tout l'ordinateur portable, mais je n'ai pas quitté cet endroit depuis plus de deux semaines. Je devrai parler à Jackson.

Je me retourne et prends mon téléphone sur la table d'appoint.

"Il y a une note dans la cuisine qui dit qu'il allait courir."

Je regarde l'horloge et je sais qu'il devrait être de retour maintenant.

Je fais glisser mon doigt sur l'écran et lis le texte

Hulk : Je dois travailler, cupcake. Je te vois ce soir.

«Il travaille», j'informe Elle, qui enfile maintenant ses talons.

« Ouais, Pink s'est échappée rapidement ce matin aussi. Il doit se passer quelque chose.

«Eh bien, merde. Comment allons-nous emporter l'ordinateur portable ? »

« Je suis sûr qu'un des gars à la porte nous accompagnera ou quelque chose du genre. Ensore n'est pas si loin. Peut-être seulement un mile.

"Bien. Laisse-moi m'habiller et je te retrouve dans la cuisine. Elle quitte la pièce et je me prépare rapidement dans la salle de bain. J'enfile un jean, un sweat à capuche et des baskets. Elle a abandonné mon obligation de m'habiller professionnellement il y a longtemps.

Quand j'entre dans la cuisine, Elle est en train de taper sur son téléphone. Elle ne lève même pas les yeux quand elle parle. "Je leur ai dit que nous arriverions sous peu et que quelqu'un serait là pour prendre l'ordinateur portable."

"Ça a l'air bien." J'ouvre la porte du garde-manger et je ne vois rien que j'ai envie de manger, ou du moins quelque chose que j'ai envie de préparer. Jackson m'a gâté avec sa cuisine.

« Tu penses qu'on peut aller chez Bojo après ? Je meurs de faim."

"Mon Dieu, ça a l'air si bien. Nous n'y avons pas mangé depuis une éternité. Par toujours, elle veut dire peut-être deux semaines, ce qui est long pour nous. Nous y mangeons normalement trois à quatre fois par semaine. C'est un restaurant simple, mais ils ont tout ce que vous pourriez désirer.

"Cool." Je prends mon sac et glisse mon ordinateur portable et mon téléphone à l'intérieur. Elle me suit jusqu'à la porte. Quand j'ouvre la porte, je suis surpris qu'il n'y ait personne dehors. Normalement, si Jackson n'est pas là, il a un gars qui reste là, l'air extrêmement intimidant.

"C'est étrange." Je regarde de haut en bas dans le couloir et Elle fait de même.

"Il y avait quelqu'un ici quand je suis arrivé. Peut-être qu'il n'y a plus de menace et c'est ce que les gars ont fait ce matin."

« Peut-être », je marmonne en fouillant dans mon sac à la recherche de mon téléphone.

"Poche avant gauche."

Je fouille dans la poche avant gauche de mon sac et en sors mon téléphone. J'envoie un message à Jackson.

Moi : Pas de garde à la porte. Je dois déposer mon ordinateur portable à Ensore.

J'appuie sur envoyer et j'attends une réponse, mais rien ne vient.

"Merde. Je ne veux pas le déranger s'il est occupé. J'ai accaparé tout son temps.

Elle tripote son propre téléphone un moment avant de soupirer.

« Allons vite dans le bureau de Jackson et Pink en bas et voyons s'il y a quelqu'un qui peut nous y emmener. Ce n'est pas si loin. Je suis sûr que l'un d'eux peut s'éloigner un petit moment pour nous écraser... »

"Très bien", j'accepte, envoyant un autre message à Jackson pour au moins lui faire savoir que je suis en route pour son bureau.

Nous descendons silencieusement l'ascenseur et lorsqu'il arrive au rez-de-chaussée, je ne fais que deux pas avant de me retrouver plaqué contre un mur.

Ma tête heurte violemment le mur et mon sac glisse de mes mains. J'entends Elle crier et des points noirs nagent devant moi alors que j'essaie de me repérer.

"Orlando?" C'est alors que je réalise que l'homme qui me tient contre le mur est l'un des gardes de sécurité de mon ancien immeuble. Il est si proche que je peux sentir son souffle chaud sur ma peau. Ses yeux semblent fous alors qu'ils vont et viennent.

« Il fallait tout foutre en l'air. J'aurais pu simplement installer le bug dans votre ordinateur et me faire gagner énormément d'argent. Mais non, il faut impliquer ces autres connards », me grogne-t-il.

Je vois Elle essayer de le tirer, mais cela ne semble pas servir à rien. Il se retourne, la pousse et l'envoie s'étaler sur le sol.

« Qui aurait pensé qu'il serait si difficile d'attirer votre attention ? On pourrait penser que ce serait facile. Accorde un peu d'attention à la fille potelée et geek et j'aurais dû être à ta place comme, "il claque des doigts," ça. Mais non. C'était comme si je n'existais même pas. Il se penche un peu plus et j'arrête de respirer. Je sens l'odeur de l'alcool dans son haleine. "Mais tu as écarté les jambes pour l'autre gars, n'est-ce pas ? Vous les aimez grands et tous cicatrisés ? Est-ce que c'est ça qui te fait jouir ? Il me lèche le côté du visage et je sens mon estomac se retourner.

Je pousse sur sa poitrine et il s'envole, frappant le sol beaucoup plus fort qu'Elle.

Je lève les yeux tandis que Jackson le décolle du sol comme s'il n'était rien de plus qu'une poupée de chiffon, avant de le frapper en plein visage. Le craquement des os qui craquent est d'une puissance écoeurante.

Cette blague sur Hulk commence vraiment à devenir réalité.

« Jackson, mec, arrête. Tu le tues et ton cul sera en prison, »dit Pink en venant se placer devant Jackson. Il l'empêche d'aller chercher Orlando à nouveau, lui tendant les mains pour le bloquer.

Tout le corps de Jackson est tendu, sa respiration est lourde. Les yeux de Pink se tournent vers les miens et je peux lire ce qu'il veut.

Je m'approche derrière Jackson et l'entoure de mes bras, posant ma tête contre son dos. Je peux sentir une partie de la tension quitter son corps au contact.

Puis j'entends les sirènes.

Chapitre 16

Canard

Je pose mes mains sur celles de Dina. Je ne quitte pas Orlando des yeux une seconde pendant que les flics entrent et mettent les choses au clair.

Ils voulaient nous interroger séparément, mais Dina ne voulait pas me laisser partir, et je n'allais pas la lâcher tant que les choses étaient encore en train de se régler.

Pink et moi étions à mon bureau lorsque ses sœurs sont entrées et se sont mises au travail. Je ne sais pas comment, mais l'un d'eux a réussi à retrouver les images de sécurité supprimées de l'appartement de Dina. En même temps, nous avons trouvé un nom que nous avions déjà rencontré. Orlando Davies est apparu comme travaillant avec Green Shore avant de venir travailler dans l'immeuble de Dina, et c'est à ce moment-là que tout s'est mis en place.

Mon téléphone a sonné au moment où tout cela se passait et je l'ai vérifié pour voir les messages de Dina. Il n'y avait aucune raison pour que la sécurité ne soit pas à sa porte, alors j'ai appelé certains de mes anciens partenaires au commissariat et je les ai fait venir dans le bâtiment pour obtenir du renfort.

Quand je suis descendu et que j'ai vu les mains d'Orlando sur Dina, le rouge a inondé ma vision et je suis passé en mode attaque. Tout est encore un peu flou à cause de la rage et de l'adrénaline. Cela ne ressemblait à rien de ce que j'avais ressenti auparavant, et j'ai été dans beaucoup de situations folles lorsque je travaillais au SWAT. Mais tout ce dont je me souviens, c'était du besoin de l'éloigner d'elle. Je me souviens aussi de Pink courant pour aider Elle, et cela m'a mis encore plus en colère. L'idée que quelqu'un puisse faire du mal à sa sœur, quelqu'un que Dina aime, m'a rendu furieux.

Heureusement, Pink a réussi à se mettre entre nous et le contact de Dina m'a calmé. Je l'aurais très probablement tué pour s'être approché de ma femme. Les flics sont arrivés et ont arrêté Orlando. Maintenant, ils ne font que recueillir des déclarations.

« Nous devons encore livrer les dossiers », dit Elle en se dirigeant vers nous. Au début, elle avait l'air un peu secouée, mais maintenant elle s'appuie sur Pink, et je peux voir qu'elle se remet sur pied. C'est une personne coriace, mais la voir s'accrocher à lui est définitivement un signe dans la bonne direction.

L'ascenseur s'ouvre derrière nous et un groupe de flics aide Matt, le responsable de la sécurité que nous avions posté devant chez moi.

Nous discutons un peu avec lui et les flics et découvrons qu'Orlando a avoué avoir glissé quelque chose dans le café du gardien. Il a fallu juste assez de temps à Elle pour entrer avant qu'il ne soit dehors, et Orlando a caché son corps dans un placard du hall.

Avec ces aveux, il va rester en prison pendant un certain temps. Matt est un vétéran décoré et je sais que mes garçons veilleront à ce qu'on prenne soin de lui. Orlando a peut-être commencé comme petit criminel, mais l'argent pousse les gens à faire des conneries folles. C'était suffisant pour convaincre Orlando que s'en prendre à ma femme était une bonne idée. Dieu sait ce qu'il aurait fait à ma Dina.

Le frisson qui parcourt ma colonne vertébrale s'arrête lorsque la main chaude de Dina me frotte le dos. Je la serre plus près de moi, ayant besoin d'être rassurée sur le fait qu'elle est toujours en vie et toujours avec moi.

"Je t'aime. Tu as raison. Je t'aime."

Dina et moi nous retournons pour voir Elle debout devant Pink, admettant ce que nous savions tous.

"Alors tu vas porter ma bague maintenant?" demande-t-il en la regardant dans les yeux.

Elle pose les mains sur ses hanches et le regarde. Après une seconde, elle laisse échapper un soupir et repousse une mèche de cheveux de son visage. "Oui."

Pink se met à genoux et sort une boîte. C'est celui qu'il a acheté le jour même où j'ai reçu celui de Dina. Je lui serre un peu la main, sentant la bande fraîche sur son doigt, et cela me fait sourire.

Elle met ses mains sur sa bouche, regardant le simple bracelet en or entouré de petits diamants roses. Pink aurait pu lui offrir un diamant de 50 carats, mais il connaissait Elle et il savait que cela signifierait plus pour elle.

"Un diamant pour chaque bébé que je vais te donner, Prinzessin", dit Pink, attendant qu'Elle réponde.

J'enroule mes bras autour de Dina pendant que nous regardons les larmes couler sur le visage d'Elle et elle se lance sur Pink. Ils sont plutôt adorables, ces deux-là.

«Double mariage!» Dina crie et le poing pompe l'air.

"Tout ce que tu veux, cupcake", dis-je en l'embrassant sur le front. "Faisons livrer cette merde pour que je puisse t'emmener à l'étage et que nous puissions parler de ta punition."

"Châtiment?" Elle me regarde avec de grands yeux, puis sourit.

J'ai le sentiment qu'elle ne prendra pas cette leçon au sérieux.

Chapitre 17

Avant même que la porte ne se ferme complètement, les grandes mains de Jackson prennent mon visage en coupe et sa bouche se pose sur la mienne. Sa langue s'enfonce dans ma bouche, m'ordonnant de l'ouvrir pour lui. Je peux goûter le doux désespoir qu'il y déverse. Je peux sentir sa douleur et son inquiétude. Toutes les émotions qu'il a retenues pendant que nous finissions tout transparaissent à travers le baiser. Que cet homme m'aime me serre le cœur.

Il s'écarte et pose son front contre le mien.

«Je ne peux pas te perdre, cupcake. Putain, je jure que je n'ai jamais eu aussi peur de ma vie que lorsque j'ai vu ses mains sur toi.

Il ferme les yeux comme s'il souffrait et revoyait tout cela. Je frotte mes mains contre sa poitrine pour essayer de le calmer.

"Comme si Hulk laisserait un jour quelque chose m'arriver", je le taquine, faisant un demi-sourire sur ses lèvres.

«Je t'aime tellement. Tu es ma famille maintenant. J'ai besoin de toi. J'ai besoin de ça. Je n'ai pas été aussi heureux de ma vie, et penser qu'on aurait pu me l'enlever aujourd'hui... Ça me donne envie de... »

«Je suis là, Jackson. Personne ne m'enlèvera à toi," je le rassure en frottant mes mains de haut en bas sur sa poitrine, essayant de le calmer.

"Dis-moi que tu ne me quitteras jamais."

«Jamais», dis-je instantanément. Je peux sentir son corps se détendre à mes mots. Puis il commence à déposer des baisers sur tout mon visage. Cela me fait rire. Je ne peux même pas imaginer à quoi nous ressemblons ensemble. Ce grand homme balafré et tatoué se penche sur moi, prend mon visage en coupe et dépose des baisers partout où il le peut. Cela me fait fondre.

Mon téléphone se met à sonner et Jackson grogne d'agacement.

Je balance mon sac sur mon épaule et commence à fouiller dedans. C'est probablement ma sœur. Je viens de la quitter il y a quelques minutes. Ce dont elle pourrait déjà avoir besoin, je n'en ai aucune idée. Je suis choqué que Pink l'ait laissée prendre l'air pour même utiliser le téléphone.

« Poche avant gauche », marmonne Jackson, et je peux dire qu'il n'est pas content d'être interrompu. Je fouille dans la poche et la sors. Le nom Brett – Ensore apparaît sur l'écran. Elle a dû programmer le numéro dans mon téléphone au cas où j'aurais des questions à poser lorsque je travaillais sur le projet, et j'entends Jackson grogner. Un grognement honnête de Dieu venant du plus profond de sa poitrine.

"C'était sexy", dis-je en le regardant, mais ses yeux sont toujours plissés sur mon téléphone.

Il le prend dans ma main et y répond.

«Le mari de Dina. Comment puis-je t'aider?"

Je le regarde avec confusion. Nous ne sommes pas encore mariés. Je vois sa mâchoire se serrer visiblement.

« Oui, elle est mariée. N'as-tu pas vu la bague à son doigt ? Il recommence à grogner. Je regarde la bague et je souris. Je l'avais allumé lorsque nous avons déposé l'ordinateur portable. C'est un peu grand et difficile à manquer.

« Non, elle ne travaillera plus avec votre entreprise. Rappelez-lui son téléphone et je viendrai là-bas. Il éloigne le téléphone de son oreille et appuie sur le bouton de fin. Elle serait tellement en colère si elle entendait ça. En général, je ne parle pas beaucoup aux clients. C'est son travail. En fait, je suis surpris que le gars ait mon numéro. Tous les appels vont généralement directement à Elle.

"Putain. Pour un gars intelligent, il ne peut pas comprendre. Il glisse mon téléphone dans sa propre poche comme s'il ne voulait pas me le rendre.

Je le regarde avec perplexité.

« La première fois que je te fais sortir de la maison et que quelqu'un te drague. Un putain de milliardaire en plus. Il secoue la tête avant de passer ses mains dans ses cheveux courts, l'air à nouveau un peu stressé.

"De quoi parles-tu?"

"L'homme vous draguait lorsque nous avons déposé l'ordinateur portable, et il a juste appelé pour essayer de vous faire sortir avec lui."

« Non, il m'a appelé pour me proposer un autre travail, ce qui n'est pas surprenant. Je suis plutôt bon dans ce que je fais.

Il secoue la tête comme s'il n'arrivait pas à croire ce que je dis. «Elle a raison», déclare-t-il, me rendant encore plus confus.

"Oui, elle l'est généralement", je suis d'accord, parce que, eh bien, elle l'est.

"Vous ne le voyez même pas."

Je regarde autour de moi pour essayer de comprendre de quoi il parle. "Voir quoi?"

Un demi-rire le quitte, ramenant mon regard vers lui. «Elle a dit que les hommes vous draguaient tout le temps et que vous ne le voyiez tout simplement pas. Ne leur donnez jamais l'heure de la journée.

"Quoi? Ce n'est pas vrai. Personne ne me frappe.

Il m'attrape par les hanches et me soulève. Je laisse tomber mon sac et tout son contenu tombe bruyamment sur le sol. Mes jambes passent autour de sa taille, mes bras autour de son cou.

« Ce n'est pas grave si tu ne le vois pas, cupcake. Tu continues à ne pas le voir, parce que tu es sur le point d'épouser un garde du corps, et je ferai en sorte que ces connards ne s'approchent pas de ce qui m'appartient.

Je souris en me tortillant contre lui.

"Tu étais jaloux?" Je questionne, aimant l'idée qu'il devienne jaloux de moi. Maintenant que j'y pense, je ne suis pas sûr non plus d'aimerais qu'une femme appelle son téléphone.

« Cupcake, je suis jaloux de tout ce qui concerne toi. La nourriture que vous mangez, cet ordinateur que vous pouvez regarder pendant des heures, tout ce qui détourne votre attention de moi. Sa bouche vient à la mienne et il m'embrasse profondément. "Jaloux de ces putains de vêtements qui s'enroulent autour de ton corps doux et luxuriant toute la journée", dit-il contre mes lèvres.

"Alors tu devrais probablement me les arracher", dis-je en prenant sa bouche dans un baiser encore plus profond.

Je sens mon dos heurter le lit et il commence à m'arracher mes vêtements, à la manière de Hulk.

"Je ne veux pas non plus que des femmes appellent ton téléphone." Je le sens rire contre mon cou alors qu'il y dépose des baisers bouche bée.

Je lui donne une claque sur son biceps géant.

"Cupcake, je ne parle pas à beaucoup de femmes à part les sœurs de Pink", m'informe-t-il avant de prendre mon lobe d'oreille dans sa bouche et de le sucer, me faisant gémir son nom.

"Je ne penserais même jamais à une autre femme maintenant que je t'ai goûté. Putain, de qui je me moque ? Je savais que personne d'autre ne le ferait jamais lorsque ta photo atterrira sur mon bureau. Il a illuminé mon monde. J'étais en train de faire des mouvements et je n'avais même pas réalisé à quel point j'étais seul jusqu'à ce que tu entres dans ma vie. M'a donné envie de quelque chose dont je ne savais pas avoir besoin. Même si tu me quittais, je passerais chaque instant de ma vie à essayer de te récupérer. Mais je ne laisserai pas cela arriver. Je ne te laisserai jamais penser à me quitter. J'entends un clic, puis je sens du métal autour de mon poignet, puis j'entends un autre clic. « Personne ne pourra jamais me donner ce que tu as. Je n'essaierais même pas de te remplacer. Je passerais simplement mes jours et mes nuits à essayer de te récupérer.

Il se penche et me regarde, les yeux tout doux. Je sens les larmes couler dans mes yeux. Personne ne m'a jamais fait me sentir aussi normal et aussi extraordinaire à la fois.

"Tu ne te débarrasseras jamais de moi."

Je vais enrouler mes bras autour des siens, et c'est alors que je remarque que je suis menotté au lit. Mes yeux s'écarquillent.

«Je vais vous montrer à quel point vous faites pour moi. Seulement vous. Tu ne remettras jamais en question ce que tu représentes pour moi. Sa bouche se pose sur la mienne et, comme chaque jour de notre vie, il me montre à quel point je compte pour lui.

Épilogue

Canard

5 ans plus tard...

"C'est dégoutant. Je ne le mangerai pas.

"Oui, moi non plus. Ça sent dégoûtant », ajoute Dina en repoussant son assiette à quelques centimètres d'elle.

Je pose ma tête dans mes mains et prie pour avoir de la force. Ma femme et ma fille de presque cinq ans seront sûrement ma mort. Peu importe le fait que Dina est enceinte de neuf mois de notre deuxième fille, et cela ne fera qu'empirer.

"Filles. C'est juste un mélange de légumes. Pourquoi n'essayez-vous pas tous les deux ?

Dina regarde Amelia et hausse les épaules. Amelia laisse échapper une profonde inspiration et ils se font un signe de tête, comme s'ils acceptaient d'en prendre un pour l'équipe.

Je me mords la lèvre pour ne pas sourire alors qu'ils essaient tous les deux ce que j'ai préparé pour le dîner. J'essaie de cuisiner sainement pour nous tous, mais parfois mes efforts sont vains. J'ai quelque peu pris ma retraite de l'entreprise de sécurité, je viens seulement pour m'assurer que tout est en ordre. Je ne prends plus de dossiers. Je m'assure simplement que tout le monde fait ce qu'il est censé faire, mais je suis d'accord car cela me permet de prendre soin de mes filles. Dina travaille toujours quand elle le souhaite, acceptant des emplois qui l'intéressent quand cela lui convient. Nous avons tous les deux assez d'argent pour ne pas avoir à nous en soucier, nous pouvons donc passer du temps avec notre fille et entre nous.

Amelia fait un bourdonnement comme elle l'aime, et Dina la regarde avec scepticisme. Après une seconde, elle prend sa fourchette et essaie à son tour, faisant exactement la même grimace qu'Amelia. Je peux à peine retenir mes yeux au ciel. Ils se ressemblent tellement. Que Dieu m'aide, je les aime tous les deux plus que la vie elle-même. Je ne sais pas comment mon cœur peut avoir plus de place pour l'amour, mais en voyant Dina avec notre prochaine petite fille, je suis déjà éperdument amoureux d'elle aussi.

Une fois que tout s'est calmé après le drame du harcèlement, nous nous sommes mariés lors d'une double cérémonie, tout comme Dina le souhaitait. C'était un grand mariage et beaucoup de plaisir, mais à la fin j'étais juste heureux d'avoir mon cupcake à côté de moi.

Dina est tombée enceinte environ une minute après notre rencontre et je n'aurais pas pu être plus heureuse avec notre petite fille. Nous avons décidé d'attendre un peu après la naissance d'Amelia, pensant que nous avions besoin de temps pour nous adapter aux enfants. Après qu'elle ait eu quelques années, nous avons recommencé à essayer et sommes finalement tombées enceintes de notre petite fille en route maintenant. Je devrais être terrifié à l'idée d'avoir une autre fille, mais je ne pourrais pas être plus excité. J'espère que notre nouveau paquet d'amour ressemble aussi à sa maman.

En tendant la main, je lui frotte le ventre puis je regarde dans les yeux de Dina.

"Merci", je murmure, et elle me regarde en penchant la tête sur le côté.

"Pour quoi?"

"Pour ça." Je regarde entre elle et Amelia. "Pour tout. Je suis un salaud chanceux.

« Ooooooh ! Papa a dit un gros mot.

"Elle a raison, tu l'as fait", acquiesce Dina, et je leur souris simplement.

La vie est trop belle.

Quinze ans plus tard...

"Oh, putain!"

« Chut. Les filles sont en bas. Ils nous entendront.

"Oh, putain," murmure Dina.

Je souris contre sa chatte puis recommence à la lécher. Je me perds dans son doux chèvrefeuille, la léchant à longs coups épais comme elle l'aime. Elle s'allonge sur le lit, attrapant l'oreiller et le mettant sur son visage. Elle essaie d'être gentille, mais je la torture vraiment.

Notre aînée, Amelia, rentre de l'université et a emmené sa sœur, Brock, au cinéma avec elle. Je suppose qu'ils sont rentrés tôt, car nous les avons entendus en bas au moment où la température commençait à chauffer. J'ai bondi et j'ai verrouillé la porte mais j'ai refusé de laisser Dina partir. Ils iront bien sans nous pendant un moment.

Dina fait des bruits marmonnés dans l'oreiller pendant que je lui mange la chatte. Je lève deux doigts et les pousse dans ses plis humides, puis au plus profond d'elle. Elle gémit et se serre autour d'eux, et ma bite palpite en réponse.

En aspirant son clitoris dans ma bouche, je l'effleure avec mes dents, faisant trembler ses jambes de besoin. J'enroule mes doigts, frappe son point G, et commence à les faire entrer et sortir d'elle. Il suffit de donner un petit coup à son petit nœud avec le bout de ma langue pour l'envoyer par-dessus bord.

Ses jambes sont tendues et son dos s'incline contre le lit pendant qu'elle crie mon nom dans l'oreiller. Même après toutes ces années, je ne me lasse pas de ce son. Il n'y a jamais eu une autre femme qui ait attiré mon attention ou m'ait fait remettre en question un seul instant mon dévouement envers Dina. C'est la seule femme qui m'a jamais vu tel que je suis, et elle est ma raison de respirer.

En embrassant l'intérieur de ses cuisses, je frotte mon nez contre elle, la laissant simplement chevaucher son orgasme jusqu'au bout pendant que je la caresse et lui donne des petits bisous d'amour.

"Maman?" J'entends la voix de Brock puis on frappe à la porte.

Dina rigole dans l'oreiller et je tourne la tête vers la porte. "S'en aller!" Je crie en grimpant sur le lit et sur Dina. Elle tremble de rire et je déplace l'oreiller pour lui murmurer à l'oreille. "C'était de ta faute cette fois."

« Que faites-vous là-dedans ? » Amelia crie de l'autre côté de la porte et je lève les yeux au ciel.

« Il y a de l'argent dans mon sac. Va chercher de la glace. Laisse-nous tranquille!" Dina crie, puis j'entends les filles redescendre.

C'est tout ce que je peux faire pour ne pas tomber sur elle en riant, mais ensuite elle se met entre nous et attrape ma bite. Tous les rires me quittent et mon désir passe au premier plan.

« Orgasmes, Hart. Je les veux tous."

Elle guide ma bite vers son ouverture et je l'enfonce jusqu'au bout. "Tout ce que tu veux, cupcake", je grogne alors que je commence à bouger à l'intérieur d'elle.

En me penchant, je suce son mamelon dur, ayant besoin de quelque chose dans ma bouche pour me faire taire. Cela fait presque deux décennies que je suis entré en elle pour la première fois, et sa chatte me serre toujours plus fort que tout ce que j'ai jamais connu. Sa chaleur chaude et humide m'aspire en elle et je dois mordre son mamelon pour ne pas jouir. Ses mains se posent dans mon dos, ses ongles s'enfoncent et je sens ses crispations recommencer.

"Jackson", gémit-elle, et elle jouit sur ma bite.

Il n'y a rien de plus doux que la sensation de son plaisir sur moi et sous moi. Faire descendre Dina est ce qui me fait jouir, et je la suis dans un doux oubli.

Lorsque nous reprenons tous les deux notre souffle et que je retire ma bouche de son mamelon, je la regarde dans les yeux.

Elle se place entre nous et passe sa main sur l'espace de ma poitrine où son cupcake rose est tatoué. Toutes ces années plus tard, elle le regarde toujours et sourit. Comme la première fois qu'elle l'a vu. J'ai même fait tatouer deux autres petits cupcakes à côté pour représenter mes petites filles.

La voir ainsi est ce qui rend ma vie digne d'être vécue.

Il y a de petites ridules autour de ses beaux yeux alors qu'elle me sourit, et je ne peux m'empêcher de tomber amoureux de chacun d'eux.

Chacun représente un sourire qu'elle m'a donné ou à nos filles. Chaque pli est un souvenir que j'ai partagé avec elle et chacun que je chéris.

"Quoi ?" demande-t-elle en me souriant.

"Je t'aime, petit gâteau."

« Je t'aime aussi, Jackson. Et je veux un autre orgasme.

Elle et Daniel alias Pink

Cela fait quinze ans depuis le jour où j'ai vu Elle pour la première fois, et je ne me lasse jamais de la regarder. Elle est dans la cuisine et prépare les déjeuners et s'assure que tout est prêt pour le matin. Je m'approche derrière elle. En enroulant mes bras autour de sa taille, j'enfouis mon visage dans son cou et je la respire.

"Ne commence pas quelque chose que tu ne peux pas finir", rit-elle en se frottant les fesses contre moi.

« Qui a dit que je ne le finirais pas ? » Elle se retourne dans mes bras et m'embrasse alors qu'elle se penche et attrape mes fesses. En appuyant mon front contre le sien, je pense à tout ce que nous avons partagé ces dernières années.

Nous avons eu six enfants ensemble – trois garçons et trois filles – et Elle dirige cet endroit comme un sergent instructeur. Je suis tellement fière de la mère qu'elle est devenue et de combien elle est incroyable, mais j'aime toujours la mettre en colère. Elle nous tient tous organisés et je m'assure de gâcher son emploi du temps de temps en temps pour lui rappeler que le chaos peut aussi être amusant. Elle se déforme, mais la faire s'embuer est la moitié du plaisir.

« Je dois finir ça, puis préparer le café, plier le linge et préparer les sacs de hockey pour l'entraînement après l'école. Alors je dois... »

Je pose mon doigt sur ses lèvres et lui lance un regard.

"Ne me lance pas ce regard, Pink", dit-elle en repoussant ma main. "J'ai trop de choses à faire."

"Pas ce soir", dis-je en haussant un sourcil. « J'ai déjà fait toutes ces conneries. Ce n'est peut-être pas comme vous l'aimez, mais c'est fait.

Elle commence à parler, mais je mets ma main dans ses cheveux et en prends une poignée.

«Je t'emmène à l'étage. Je veux que tu te déshabilles et que tu prennes le bain que j'ai couru pour toi. Je vais te baiser dedans et ensuite te frotter les pieds.

Je la sens fondre dans mes bras et je sais que je la tiens. J'ai toujours su qu'Elle était très nerveuse, mais tout ce dont elle a besoin, c'est d'un peu de contrôle et elle est comme du beurre chaud pour moi.

Elle aime que tout soit fait d'une certaine manière, mais sa domination ne peut durer qu'un certain temps. Nous savons tous les deux qui est vraiment aux commandes, et la plupart du temps, il faut le lui rappeler.

Je me penche et lui attrape les fesses à deux mains, la soulevant. Ses bras et ses jambes m'entourent et je la porte dans les escaliers jusqu'à notre chambre. Je ferme la porte derrière nous et la verrouille avant de l'emmener dans la salle de bain principale.

Je me déshabille et entre dans la baignoire, qui est plus que suffisante pour nous deux, et me penche en arrière pour la regarder se déshabiller. Elle sait ce que je veux et je l'attends.

Lentement, elle commence à bouger ses hanches alors qu'elle se déshabille. J'ai de la musique douce et elle prend son temps pour me laisser voir tout ce qui m'appartient.

Une fois déshabillée, elle s'approche et entre dans la baignoire, se tenant debout au-dessus de moi. En lui prenant les mains, je la tire vers le bas pour qu'elle soit à cheval sur mes hanches. Elle se penche entre nous, tenant ma bite alors qu'elle s'abaisse dessus.

Lorsqu'elle est bien assise sur moi, j'attrape ses hanches et je les fais monter et descendre.

"Dis-le, Prinzessin."

Elle sait que je veux entendre ses mots d'amour quand je suis en elle. Rien ne m'excite plus que quand j'ai ma bite en elle et qu'elle me dit qu'elle m'aime. C'est la chose la plus parfaite au monde, et chaque fois que nous nous connectons, j'ai besoin que cela quitte ses lèvres.

"Je t'aime Daniel. Seulement vous."

Toutes ces années plus tard, j'entends toujours que je suis le seul qu'elle veut. Qu'il n'y en a pas eu d'autres avant moi.

"Je t'aime aussi, Elle."

Les bougies vacillent dans la salle de bain et reflètent les ombres de nos corps qui ne font plus qu'un. Nous faisons l'amour et je lui donne le massage des pieds que je lui ai promis, pendant qu'elle me raconte sa journée. Je remplis la baignoire d'eau tiède un nombre incalculable de fois parce que je ne suis pas prêt à ce que ce soir se termine.

Certaines journées sont mouvementées, surtout avec six enfants, alors des nuits comme celles-ci sont savourées. Quand je la tire enfin de la baignoire, elle est en pâte dans mes bras pendant que je l'emmène au lit et que je l'embrasse jusqu'au bout.

Elle avait besoin que je fasse tomber ses murs et que je l'aide à voir la beauté du chaos. Chaque jour que nous sommes ensemble est une autre chance pour moi de lui montrer à quel point notre amour est parfait. Et ce soir, alors qu'elle s'endort dans mes bras, je l'embrasse sur le front et je remercie ma bonne étoile qu'elle m'ait choisi.

LA FIN

Don't miss out!

Visit the website below and you can sign up to receive emails whenever Ashley Colem publishes a new book. There's no charge and no obligation.

https://books2read.com/r/B-A-TMQAB-XUGSC

BOOKS 2 READ

Connecting independent readers to independent writers.

Did you love *Obsession: Tout a changé la première fois que Jackson a vu Dina*? Then you should read *Captive d'une Nuit Enneigée: Jusqu'à ce qu'elle apparaisse et que son âme se sente captivée*[1] by Ashley Colem!

[2]

Oh, nuit enneigée, les étoiles brillent de mille feux. C'est la nuit de la grande chute du bûcheron. Son cœur était depuis longtemps dans un sommeil éternel. Jusqu'à ce qu'elle apparaisse et que son âme soit captivée.Un frisson d'espoir, le monde de la romance se réjouit. Car une nouvelle histoire glorieuse est sur le point de commencer. Ouvrez vos liseurs et lisez cette histoire.

---

1. https://books2read.com/u/bMnaD8

2. https://books2read.com/u/bMnaD8

Also by Ashley Colem

Bien Trop Brutal
Obsede Par Elle
Limite dépassée
Amour Improbable
Kataliya, la Parfaite Élue
Le Choix Ultime d'un Seul Amour
Réveille-toi, Barbara
Sexe à Répétition
Taïna est en feu
Captive d'une Nuit Enneigée: Jusqu'à ce qu'elle apparaisse et que son âme se sente captivée
Ces Attouchements Tabous: Cette nuit-là, il a changé ma vie pour toujours
Épuisement: Sienna est peut-être jeune, mais son corps sait ce dont il a besoin
Il va l'avoir: William veut Jesse plus que tout au monde
La Femme de ses Rêves: Il est obsédé par la jeune beauté qui lui a volé son cœur
Le No 1 des Connards: Il ne cherche pas d'excuses pour ce qu'il est ou ce qu'il fait
L'étrange Mariage du Milliardaire
Maintenant... Elle est à moi pour Toujours: Je mets un bébé dans son ventre et une bague en diamant à son doigt
Piégé par elle

Tenir si Fort: Il ne savait pas qu'une obsession pouvait s'emparer de lui aussi fort

Un Alpha de Mauvais Caractère: Aucune femme n'a jamais été capable de le gérer

Un Échange Très Étrange: Le destin de Cian et de Serenity, croisés dans un lycée américain

Limite Superato

Amore Improbabile

Kataliya, la Perfetta

La Scelta Definitiva di un Singolo Amore

Sesso ripetuto

Taina è in Fiamme

Esaurimento

Intrappolato da lei

La Donna dei Suoi Sogni

Lo Stronzo #1

Ora è mia... per sempre

Prigioniero in una Notte di Neve

Sta per Averla

Stringere Così Forte

Obsession: Tout a changé la première fois que Jackson a vu Dina

Svegliati, Barbara: Stare con Clark diventa un grosso problema